「どんなアキラでも、私は一緒にいたい。
それはヨルも同じ。アキラは？」
アメリア
Amelia Rosequartz
暗殺者である
勇者よりも明らかに強い
My Status as an Assassin
Obviously Exceeds the Brave's
赤井まつり
イラスト 東西

織田 晶
Akira Oda
「嘗められたものだ。――『影纏い』」

「これなら、俺だけで
二体とも倒すことができそうだ」
朝比奈 京介
Kyosuke Asahina

これがどうかしたのかと聞くと、
アマリリスは瞳に少しばかり
魔力を集めてまた指輪を凝視する。
『素晴らしい魔法具ですね。
これならば先ほどのお話はすべて解決してしまうのでは？』
アマリリス
Amaryllis Cluster

暗殺者である俺のステータスが勇者よりも明らかに強いのだが 4

赤井まつり

OVERLAP

4

My Status as an Assassin
Obviously Exceeds the Brave's

CONTENTS

CHARACTER

クロウ

先代勇者パーティーのメンバー。職業は「鍛冶師」。妹の仇の暗殺を条件として、晶に魔族領を案内することに。

夜《ヨル》

晶と契約した従魔。かつては魔王の右腕と呼ばれていた。スキル『変身』で姿形を別の魔物に変えられる。

織田《オダ》 晶《アキラ》

異世界召喚された高校生。職業は「暗殺者」。騎士団長サランの仇討ちと日本への帰還を果たすべく旅をする。

佐藤《サトウ》 司《ツカサ》

晶のクラスメイト。職業は「勇者」。晶とは幼馴染みで腐れ縁。日本へ帰るために魔王城を目指す晶を追う。

リア・ラグーン

獣人族領ウルク国の王女。職業は「守り手」。故郷の村が滅亡した原因が勇者召喚にあるとみて調べている。

アメリア・ローズクォーツ

エルフ族の王女。職業は「神子」。迷宮で黒いスライムに囚われていたところを晶に救われた。以来、行動を共にする。

朝比奈《アサヒナ》 京介《キョウスケ》

勇者パーティーのメンバー。職業は「侍」。晶の数少ない友人。晶の愛刀“夜刀神”と対になる“白龍”を所持。

ラティスネイル

魔王の娘。職業は「水・炎魔法師」。魔王と反りが合わず、魔王城からの家出中に晶たちと出会う。

七瀬《ナナセ》 麟太郎《リンタロウ》

勇者パーティーのメンバー。職業は「風魔法師」。コミュニケーション能力の高いパーティーの調整役。

津田《ツダ》 友也《トモヤ》

勇者パーティーのメンバー。職業は「騎士」。女々しい自分がコンプレックス。京介の強さに憧れている。

和木《ワキ》 大輔《ダイスケ》

勇者パーティーのメンバー。職業は「調教師」。ノリが軽くわかりやすい性格でパーティーのムードメーカー。

細山《ホソヤマ》 栞《シオリ》

勇者パーティーのメンバー。職業は「治癒師」。おっとりした美人だが芯は強い。悠希とは幼馴染み。

上野《ウエノ》 悠希《ユウキ》

勇者パーティーのメンバー。職業は「解呪師」。とにかく明るい関西弁の元気っ子。栞とは幼馴染み。

ジール・アスティ

レイティス国騎士団の元副団長。職業は「騎士」。亡き騎士団長サランの意思を継ぎ、勇者たちを気にかける。

エドモンド・ローズ・レイティス

人族領レイティス国の国王。魔王討伐のために勇者召喚を実行するが、真の目的は別にあり……。

マリア・ローズ・レイティス

人族領レイティス国の王女。国王の命令で勇者召喚された高校生たちに洗脳の呪いをかけていた。

イラスト 東西

前巻までのあらすじ

高校生・織田晶《おだあきら》は、クラスメイトとともに異世界のレイティス国に勇者召喚される。

召喚により「暗殺者」の職業を得た晶のステータスはなぜか「勇者」よりも強かった。晶は目立つことを嫌ってひとり姿を隠すが、騎士団長サランの手助けもあって異世界で生き抜く力を着実に付けていく。しかし国王がクラスメイトを巻き込んだ陰謀を企んでいると暴いたことが引き金となり、サラン団長殺害の冤罪《えんざい》をかけられてしまう。

国を追われた晶は迷宮に逃げ込んだ。その深層で黒いスライムに囚われていたエルフ族の王女アメリアを救出。さらに迷宮最下層の魔物・夜《よる》を撃破し、従魔の契約を結ぶ。

仲間ができた晶は夜がもたらした「魔王城で待っている」という魔王の言葉を受け、魔王城を目指して人族領からエルフ族領、そして獣人族領へ旅を続けていく。エルフ族領ではアメリアと妹のキリカを和解させ、獣人族領の港町ウルでは魔族の襲撃を退けた。

そんな旅の最中、獣人族領ウルク国にある町・マリに立ち寄った晶は「美男美女コンテスト」を利用して悪事を働くウルクのギルドマスター・グラムの暗殺を依頼される。グラムが恩人であるサラン団長の殺害に関与していたと知った晶は依頼遂行を決意。ついに暗殺を果たすが、それは晶にとって初めての〝人を殺す〟という経験であった――。

プロローグ　未来

Side 織田晶

「これで終わりだ!!――『轟雷《ごうらい》』!!!」

必殺技を放つときの決まり文句のようなことを言って、魔族の男は天に掲げた腕を振り下ろした。複雑な文様の魔法陣から放たれた強い光に目が眩《くら》み、前に突き出した手に衝撃が走る。

パラパラと砂ぼこりが舞い、視界が白く染まり、そして元に戻った。

「……はぁ」

視界を遮る砂煙が晴れた後、魔族たちの中で誰かが息を呑《の》んだような音がした。当たり前だ。人が一人吹っ飛ぶどころか、何十メートルの魔物でさえ破片すら残さずに消滅するような攻撃が直撃して無傷の人族を見て、魔族たちは自分たちが何に挑んでいるのか、ようやく理解した。

魔族たちが注目する、幼さがまだ少し残るその顔に失望の色が浮かんだ。その瞳は黒く濁っており、この世の闇をその一身に受け止めたような色をしている。男はため息をついて、少し痺《しび》れている右腕を下ろした。

「これは俺を嘗《な》めているということか？」

「まさか。普通の人間ならもうこの世に存在していない」

目の前に広がるのは地平線や水平線ならぬ魔物線。これでもかというほど、視界を覆いつくすほどの魔物が並んでいる。身長の数倍はある、迷宮の最下層にいるような魔物だらけだ。人間は魔物たちの前に並んでいる魔族と男だけ。普通の人間ならば命乞いをするどころか、恥も外聞も捨てて逃げ出しても笑われることがないような状況だ。だというのに、男の口からは失笑が漏れ出た。

先ほどの光景を見たあとだからか、魔族のうち何人かは数歩後ずさる。

「お前、狂ってるよ。もはや人間ともいえない化け物だ」

こんな状況だというのにくつくつと笑みをこぼす男を見ながら魔族の男が額に汗を浮かべてそう言った。男は怒るでもなく、ただその言葉を受け入れる。

「ああ。お前が言うならそうなんだろうよ。だが、俺たちの運命を狂わせたのはお前だ。なあ、阿部真尋《あべまひろ》」

男は魔族の名前を、わざとこの世界とは違う呼び方で呼んだ。余裕のない顔をした魔族の眉がピクリと上がる。

男は下げた腕を再び胸のあたりまで上げて、魔法の一言を放った。

「『影魔法』——起動」

かつてないほどの大きく、深い闇が世界を覆った。すぐ隣にいる同胞の顔すら見えないほどの闇にそこかしこから困惑の声が上がる。

「俺を化け物にしたお前に感謝を。おかげで俺はあの男を殺すことができる。そして後悔しろ。俺はお前を許すつもりはない」

男はすべてを迎え入れるように空に向けて両手を広げる。

「主よ、我はこの世すべての悪を体現する者なり——『天罰』」

その言葉が口から出た瞬間、闇が様々なものに姿かたちを変える。そこかしこから悲鳴が上がった。

「自らが恐怖するものに喰《く》われて死ね」

一瞬のうちに、その場に立っているのは魔族の男だけになった。残った物言わぬ肉片さえも喰われて消える。

戦争だったはずの、一方的に魔族が有利だったはずの戦いは、たった一人の化け物によって一対一に変えられた。

第一章　復讐のその先で

Side　アメリア・ローズクォーツ

アキラが帰ってきたのは朝日が昇りだすような、そんな時間だった。私はリビングの椅子に座って、ゆっくりと黒が紺になり、明るい色に染まっていくのを眺めていた。キラキラとした朝日が窓から私の顔に当たるのを見つめていると、黒い影が開けっ放しの窓から部屋の中に入ってきて私はハッとする。結局一睡もできなかったが、その顔を見て安心したからか急に眠気が襲ってきた。

ちなみにクロウは早々に寝室に引き上げていった。年寄りだからきっともう少しで起きてくるだろう。

「アキラ……！」

駆け寄ろうとしたが、アキラからむせ返るような血の濃い臭いがして、私はアキラの一歩手前で思わず足を止め、顔をしかめる。黒い外套《がいとう》にはよく見ないと分からないが黒とは違う色が付着している。それも、アキラのものではなく、グラム一人分でもないように感じた。

「悪い」

そんな私にアキラはそう言う。それは、何に謝っているのだろうか。出ていくとき私が止めたのに聞かなかったふりをしたこと？　それとも、人間を、グラムを殺したこと？

感情が私の中で荒れ狂って、どういうわけか涙があふれてきた。

「なぜ……どうして……」

涙を流してポツリと呟《つぶや》くと、私の髪をいつもより乱暴にかき混ぜて、アキラは淡々と話し始める。グラムを殺す前に自分を見た同業者――同じくグラムの暗殺を依頼された暗殺者――を殺したこと。そして人間を殺したときに何も感情がわいてこなかったこと。窓を背にしているため晶の表情は見えなかったが、きっと痛々しい顔をしている。

「今まで俺が暗殺者として中途半端だっただけだ。最初からこうしておけばサラン団長が死ぬこともなかったのにな」

アキラが言っているのはきっと召喚された後、レイティス国の王たちの企《たくら》みを知ったときの話だろう。

この世界でも職業が暗殺者だからといって、本当に暗殺者を生業にしている人は少ない。生まれたときに決まった職業は死ぬまで変えることはできないが、必ずしもそれが絶対ではないのだ。ウルのギルドマスター・リンガのように暗殺者でもまったく別の職に就いている人はいるし、大抵の場合は冒険者だ。だというのに、アキラは暗殺者でいることを選んだ。

「違う！　それはアキラのせいじゃ……」

「だとしても、俺はあのときあいつらを殺せた。殺さなかったのは、俺が甘かったからだ。俺の甘さが人を殺した」

静かな暗い声で私の言葉を遮ったアキラにぞっとした。

アキラが言っている〝あのとき〟がいつを指すのか、私は知らない。サラン・ミスレイの仇《かたき》をとればアキラの気は済むと思っていた。だというのに、今のアキラの顔は前に無理やり眠らせたときより酷《ひど》い。でも今回は前のように眠らせても意味はないだろう。

アキラには綺麗《きれい》なままでいてほしかった。でも、そんな考えは私のエゴだとわかっている。本当に辛《つら》いのはアキラの方なのだから、私が何とかしなければ。

頬から流れ落ちる涙を袖で乱暴に拭って顔を上げ、逆光のアキラの顔を見上げる。

「……でも、そうしていたら私はアキラに出会えなかったかも。カンティネン迷宮であのスライムに喰われたままですべての魔力を吸い取られていたかもしれない。そうしたらキリカとも仲直りができなかった。……アキラ、ああしていたら、こうしていたらなんていくらでも想像できる。でも、私たちは今を生きているの」

〝私たちは今を生きている〟。自分の口から出た言葉に自分でも驚いた。過去の自分を、自分のしたことを消したいとさえ思ったことのある私が、他人にこんな言葉をかける日が来るとは。

「後悔するなとも、考え込むなとも言わない。けれど、どうかそれだけに囚《とら》われないで。これからをどうするかが一番大切なこと。そうでしょう？」

まだ薄暗い部屋の中でアキラの指がすいっと動き、私が乱暴に拭った目元に優しく触れる。帰ってくる前に洗ってきたのか、その手は驚くほど冷たかった。

「……俺はアメリアのように長くを生きているわけじゃない。だから、そう簡単にうまく切り替えられない。……俺は、人を殺してもなんとも思わない俺が怖い。あのときレイティスの王様たちを殺しておけばよかったと思う俺が怖い」

これが、きっとアキラの本音だろう。口に出して言うほど、レイティスの王を殺さなかったことを後悔しているのに、そう思う自分が怖いという。アキラは子供だから、心がまだ不安定なのだろうか。すべてを吐き出すような声音がどこか痛々しかった。

今まで平和な世界で暮らしていたアキラと長い人生の間に何度も地獄を目にしてきた私。私たちの間にはお互いに分からないこと、理解できないことがたくさんある。それでも、私はアキラと一緒にいたいと願った。

私は一歩踏み出して手を伸ばす。

「ごめんなさい、私にはアキラがどうして怖がっているかが分からない。でも、大丈夫。怖くないよ。少なくとも、私とヨルと一緒にいるときは」

　自分よりも高いところにある頭を胸に引き寄せて、濡《ぬ》れ羽《ば》色の髪を撫《な》でた。アキラは静かにされるがままになっている。母親を思わせるようにゆっくりと優しく、呟くように言う。

「どんなアキラでも、私は一緒にいたい。それはヨルも同じ。アキラは？」

　そう問うと、掠《かす》れた声の返事が部屋に響いた。

　心做《な》しか外套に包まれた肩が震えている気がする。

「……俺も、アメリアたちと一緒にいたい。俺が今後どうなっても、それだけは変わらない」

　そう言うとアキラは顔を上げて、今度は上から私を抱きしめた。

「ありがとう、アメリア。まだ完全に立ち直ったわけじゃない。けど元気出た」

「アキラの力になれたのなら良かった。さ、シャワー浴びてきたら？」

　私はアキラの背中をぽんぽんと叩《たた》いて促す。

　アキラは体を離すと少し赤い目で頷《うなず》いた。きっとこうは思われたくないだろうが、アキラが素直で可愛《かわい》い。

Side リア・ラグーン

この世で一番有り得ないことは何かと聞かれると、私はこう答えるだろう。――それは、叔父グラムが殺されることだと。

私の叔父は、はっきり言って悪党である。王弟であることを利用して悪いことをたくさんしているし、最近ではこの国にとどまらず、他の種族も巻き込んで悪事を働いているらしい。らしいというのは、私のもとに情報がこないというのもあるが、叔父が上手《うま》く隠しているのと、義父もその隠蔽に手を貸しているからだそうだ。本当に、救いようがないというのはこのことだろう。王族が悪事をし、咎《とが》めるべき王がそれを隠蔽している。

かつて存在した治安組織を、難癖つけて王が潰したのもそれが理由だろう。平気で他人を陥れて、甘い汁を吸う。養子の分際で口を出すのもはばかられるし、この国には彼らの所業を止めることができる者はいない。王である義父はもちろんのこと、叔父はそれ以上に厳重に守られている。

だから、それらを突破して叔父を暗殺できる人がいるとは思わなかった。

「……ごめんなさい、もう一度言ってくれる？」

「は、はい。王弟殿下が何者かに暗殺されたそうです」

城内で一番の情報通な侍女に、何やら朝から騒がしい理由を調べてもらった結果、どうやら叔父が死んだようだ。この世で一番有り得ないことが起きた。

「……一体誰が……」

私が王族に養子として迎え入れられた理由は、職業が『守り手』であるからだ。従来の結界は空間を起点とするため移動ができないが、『守り手』の結界は人間を起点にできるため移動が可能だし、私によほどのことがない限りはほぼ無限に結界の効果は持続する。それを彼らが利用しないわけはなく、もちろん私の結界は叔父にも張られている。

叔父が死んだということは、私の結界を割るしかなく、つまりは結界を通して私が察知できるはずだった。だというのに、侍女に言われるまで叔父が殺されたことを知らなかったのだ。

感覚を研ぎ澄ませれば、叔父にかけた『神の結界』は張られたままだ。

「部下の方たちは？」

「報告によりますと、全員息の根が止められていたとのことです。ナイフのようなもので、急所を一突きされていたようですね。王弟殿下を殺害した者とは違う人のようですが、腕のいい暗殺者でしょう」

無口だが実力はあった叔父の部下の人たちが一突きで殺されたということはかなりの腕なのだろう。そしてそれ以上に気になるのは叔父の結界は依然張られたまま。つまり、結界をすり抜けて叔父を殺した人が存在するということ。そんなことができる人はこの世界でも限られているだろう。

「……まさか！」

「リア様??」

結界をすり抜ける暗殺術。そんな人間離れした、人間とは思えない技を持っている人間を私は知っている。そして、その人物はつい先日義父に叔父の暗殺を命じられていた。外見で言えば同じくらいの年の、異世界から来た青年。私の目の前で迷宮の最下層の魔物を一瞬で葬ってみせた、人族でありながら魔族にも引けを取らない戦闘力を有する、おそらくこの世界最強の暗殺者であろう人間。そして、その人間と一緒にいるクロウ様――。

そのことに気が付いた私は走り出していた。後ろで侍女が声を上げていたが、気にせず廊下を駆け抜ける。どうしてこんなに焦燥に駆られているのかは分からない。ただ、クロウ様に会いに行かなければならないような気がしたのだ。昨日までとは何かが決定的に変わってしまった気がしたのだ。

Side 織田晶

俺が目を覚ましたのは太陽が真上に昇ろうかというとき。この世界でも屈指の観光地、水の町ウルクには似つかわしくない、激しい怒声で目が覚めた。

カンティネン迷宮での経験から、俺は睡眠の深さを常にコントロールするようにしていたのだが、帰ってきた後のアメリアの言葉で安心しきって熟睡してしまった。こんなにすっきりとした状態で目が覚めたのは魔力切れで倒れた時と、アメリアに強制的に寝かされた時以来だな。つまり、今の俺にとってアメリアの言葉は魔法並みに強大なものになってしまったらしい。

ベッドからのそりと起き上がり、俺は一つ欠伸《あくび》をする。体を伸ばすと、体が異様にすっきりとしていた。外を見ると、太陽が高い位置にある。夜明けに帰ってきてから昼近くまで眠ってしまったらしい。

「……!!……！」

「……！」

防音性に優れた部屋のおかげで俺の耳でも会話の内容は聞き取れないが、どうやらリアが誰かに会いに来ていて、アメリアがそれを止めるために珍しく声を荒らげているらしい。クロウの声も聞こえるからおそらくリアの用件は俺に関するものだろう。そこまで考えて、俺が昨夜殺した獣人族が一応は王族であったことを思い出した。おそらくリアの耳にも入っているはずだ。すっと背筋が寒くなる。

「どうかしたのか」

寝室の扉を開けて尋ねると会話が止《や》み、アメリアが駆け寄ってきた。

「アキラ、まだ寝てなくていいの？」

「ああ。久しぶりにぐっすりと寝られたおかげでスッキリしてる」

安心したような表情のアメリアに、心配をかけたのだと申し訳なく思っていると、続いてリアが近づいてくる。彼女には珍しく何やら興奮しているようだった。

「アキラ様、突然訪問して申し訳ありません。少し確認したいことがありまして」

十中八九グラムのことだろうな。

「叔父を、ギルドマスターグラムを暗殺したのはアキラ様で間違いありませんか」

そう聞きながらも、リアは俺以外の可能性を考えていないようだった。疑問符すらついていない。隠す意味もないので一つ頷く。

「ああ。確かに俺は昨夜グラムを暗殺した。……だが、勘違いするなよ。グラムを暗殺したのはお前の父親からの依頼ではない。父親には報酬などいらないと伝えろ」

俺がグラムを暗殺したのはあくまでクロウからの依頼があってだ。そこははっきりさせておきたい。

何も知らないリアは首を傾《かし》げた。

大方、クロウから何も聞かされていないのだろう。俺はクロウをちらりと見て、目線で言ってもいいのかを問うた。クロウは表現の仕方はともかく、リアのことを可愛がっていた。こうしてグラムのことをリアに伝えなかったのはクロウなりに理由があったのではないかと思ったのだ。俺の予想に反してクロウはあっさりと頷いた。

俺はため息をついてリアの疑問に答える。

「俺にグラムの暗殺を依頼してきたのはクロウだ。お前の父親よりも依頼が早かったからそちらを優先させてもらった。グラムを殺すのは俺の悲願でもあったが」

ますますリアは首を傾げた。リアの視線がまずクロウに向けられる。

「俺の妹を殺した同胞。それがグラムだ」

昨日とはどこか違う、すがすがしいような、どこか吹っ切れたような顔をしてクロウが告げる。リアはそれだけで察したようだ。一気に顔色が悪くなる。

「あのときの〝若者〟はアキラ様で、復讐《ふくしゅう》相手が叔父様……ということですか!?」

比較的冷静だったさっきとは違い、リアはクロウに詰め寄った。クロウの顔色は変わらないが、いい雰囲気ではないことは分かる。

「……では復讐を、たとえアキラ様の手だとしても果たされたクロウ様はどうされるのです!?」

それは悲痛な声だった。隣でアメリアが顔をしかめる。アメリアにとって、リアはキリカとまではいかないが妹分であった。だから、彼女の痛みに敏感になってしまうのだろう。

「……今はアキラとの約束がある。それを果たした後は……分からんな」

今までのクロウの生きがい――生きる理由――は妹の仇《かたき》を討つこと。つまり、グラムを殺すことだった。それを達成したクロウはどうなるのか……想像に難くない。

クロウの回答を聞いて、リアは俯《うつむ》いた。

「アキラ様は、こうなることを分かっておられましたか？」

俺は素直に首を振る。

俺としてもグラムはサラン団長の仇だったし、俺が決めることではないと分かっているが、死んでも良い悪党だと理解していた。別に、神のように人間を裁くつもりはないが、それでもグラムが死ぬことで前に進める人が少なくとも一人はいた。だから俺は俺の心に従ってグラムを殺した。

しばらく下を向いていたリアは何かを決めたように顔を上げた。

「私もアキラ様に……いいえ、クロウ様にお供いたします!!」

「お前、何を言っているのか分かっているのか!?」

珍しくクロウが血相を変えてリアに詰め寄った。ここまで動揺したクロウを見たのは初めてだ。というか、声を荒らげたクロウを初めて見た気がする。

「分かっています。アキラ様たちが今から向かわれるのは魔族領。そうですよね？」

リアがこちらを向いて確認とる。俺は頷いた。クロウが俺を睨《にら》みつけたが気にしないでおく。大方、可愛がっていた、素直に自分を慕ってくれているリアを危険な目に遭わせたくないのだろう。

「だとすれば、私の結界が必要となる時が来るはずです！　私も同行します！」

　おそらくそれが理由ではないだろうが、決意の固そうなその瞳を見てさすがのクロウも首をわずかに縦に振った。その様子を見ていたアメリアの顔がにやけていたのだが、一体何を考えていたのだろうか。


「さ、出発ですね！」

　リアが一旦王城に帰った後、グラムが死んだ今、もうウルクに滞在している理由はないというクロウの言葉で急いで荷物をまとめてウルクの町の外れまで来たはいいが、そこには準備万全とばかりに大荷物を抱えたリアが待ち構えていた。おそらくクロウがリアを置いて行こうとしていたのを察して先回りしたのだろう。

「クロウ様ばかりがこの町を知っているとは思わないことです！　私だって長年過ごしているうちに抜け道の一つや二つ……」

「何をしに来た」

　得意げに言葉を並べるリアとは対照的に、遮ったクロウの声は静かだった。静かすぎるくらいだ。唸《うな》るようなクロウの言葉に空気が固まる。殺気こそないものの、重圧がすごい。

「先ほどクロウ様は私が同行すると言ったとき頷《うなず》きました。合流地点は伝えられていませんでしたので先読みした次第です。それに、私にはもう帰る場所はありませんし」

胸を張るリアだったが、そこまでクロウの行動を読むことができたのなら、今クロウが明らかに怒っていることが分からないのだろうか。それとも、分かっていて怒らせているのか。あと、帰る場所がないとはどういうことだろうか。あの欲深そうな王が彼女を手放すとは思えないが。

「魔族領はお前が思っているよりも数百倍は苛烈だぞ。王族として甘やかされていたお前が耐えられると思っているのか」

なおも渋るクロウに、リアは元気いっぱいに頷いた。

「大丈夫です！　私はクロウ様が思うほど弱くはありません！　それに、王族とは縁を切ってきました。もう私はただのリアです。リア・ラグーンではないですから」

「……そうか」

王族と縁を切ったとはどういうことだ？　そう思って首を傾げると、アメリアが先に聞いてくれた。

「一度養子に迎え入れたあなたを王族が手放すとは思えない。どうやったの？」

「簡単ですよ。あの人たちが欲しかったのは私の結界で、私自身ではないのは知っていましたから。養子でなくなっても城や王に張った結界を継続することを約束しただけですよ。まあ、約束したのは王となので王をやめた後までは知りませんけどね」

悪戯《いたずら》が成功したような顔で笑ったリアに俺は驚いた。

王族であったころよりも生き生きしている。こちらの方が素なのだろうか。

「賢明な判断だ。今の王家もやつが暗殺されたことで色々と不正が明るみになるだろう。グラムは見逃されていた代わりに王族、上級貴族連中の不正を隠蔽したりしていた」

そうだったのか。今のところ、エルフ族以外の王族にいい思い出がないのだが。ああでも、獣人族のヴィクターや城の兵たちはいいやつばかりだった。血の気が多いのが玉《たま》に瑕《きず》だが。

クロウはくるりとリアに背を向けて歩き出す。

「もっとも、獣人族が忌む人身売買をあろうことか王族がしていて、王も黙認していたようなものだからな。俺が情報を流しておいた。そろそろ王城には民たちが詰めかけているころだろう」

……ん？　ということは、クロウはそんな中にリアを置いていくつもりだったということだろうか。

リアもそれに気が付いたのか、俯いてわなわなと肩を震わせている。

いや、クロウのことだし、リアだけは守れるように何かしら布石は打ってあっただろう。

いつものツンデレか？

「……さて、行くか」

「さて行くか、じゃありません！　クロウ様！　どういうことですか！」

ぎゃおぎゃおとクロウに食って掛かるリアだったが、その口は弧を描いていた。

Side　佐藤司

それは、数日前に遡る。先にウルクを出て、獣人族領内で一番魔族領に近い場所の合流地点に向かったジールと勇者たちは最大のピンチに陥っていた。

「……お腹空《なかす》いたぁ～」

「言うな上野《うえの》！　余計に腹が減るだろ」

そう、食料の問題である。勇者一行はこれまで街伝いに移動をしていたため、金さえあれば食料に困ることはなかったし、大抵の街は魔物を退治すれば冒険者ギルドや似たような寄り合いで金が手に入ったので実質飢餓とは無縁だった。

が、今歩いている場所は鬱蒼《うっそう》と生い茂る森の中。さらに言えばここから先に街はないし、今は倒せている魔物も強力になっていくとか。獣道ですらない足場が不安定な木々の間を歩くのは体力がいる。持ってきていた食料は早々に尽きてしまったし、食料不足は可及的速やかに解決すべき問題だった。

「とはいえ、ここまで動物がいないとは思わなかったな」

俺はあたりを見てため息をついた。しんと静まり返った森の中は獣の臭いが一切しない。ジールさんによると、この森は近くの村の人からは〝死の森〟と呼ばれているらしい。森に入ると怖い魔物に襲われて帰ってこられなくなると恐れられているそうだ。実際強い魔物がたくさんいるそうだし、下手に近づいてしまうよりは怖がっているくらいがいいだろう。

初めの頃より大きく向上したステータスによって俺の身体能力は上がり、五感が鋭くなった。ただの動物と魔物の違いくらいなら臭いの違いで判別できる。少なくとも半径20メートル以内には魔物も動物もいない。おまけに上空を自由に飛んでいる鳥たちもこの森……いや、ここから先には一切いない。それだけこの先にいる魔物が強いということなのだろう。

そして俺たちは後から来る晶《あきら》たちのためにそいつを倒さなければならない。……いや、クロウさんはどうかは知らないが、晶とアメリアさんなら一撃で倒しそうだけどな。

そこまで考えて俺はクスリと笑った。どういう心境の変化なのか、こちらの世界に召喚される前と今とで晶に対する気持ちが百八十度変わっている。やはりあの迷宮でのことや晶が城を去ったときのことが関係しているのだろう。我ながら単純なやつだ。

「なに笑っとるん、司君《つかさ》。これは一大事やで！　このままやったら餓死してまう」

目を吊《つ》り上げる上野さんに素直に謝り、俺も考える。

近くにきれいな水が流れる川があったのは確認した。試しに一口飲んでみても体に異常はなかったし。本当に、あとは食料だけなのだ。それにここにずっと留《とど》まるわけにもいかないし、できれば持ち運べて尚且《なおか》つ日持ちする食料がいる。

「とりあえず各自ここを中心に行動し、食料になりそうなものを持ち帰る。一人では何かあったとき危ないから三人または二人一組で。木に目印をつけて進み、決して単独行動はしないこと」

組み合わせは俺と上野さん、津田《つだ》君チーム、朝比奈《あさひな》君と和木《わき》君、細山《ほそやま》さんチーム、最後にジールさんと七瀬《ななせ》君チームだ。拠点とした少し開けた場所を背にしてバラバラに行動する。どちらから来たかさえわかれば、元の場所に帰ることもできるだろう。

一応ジールさんの方を向いて確認を取ると、少し難しい顔をしていたが賛成してくれた。

「じゃあ、太陽が真上に来たら引き返して帰ってくること。……さ、行こう」

本当は三人一組でもバラバラに行動すべきではないのだが、太陽が真上に来るのにそう時間はかからないだろう。俺と朝比奈君、ジールさんが各チームにいればここに来るまでの魔物くらいなら倒すことができる。大丈夫なはずだ。

後から考えれば、この時の俺はどこかおかしかったのだろう。そうでなければ、何があるかわからないこの森の中で別々に動くなんてことはしなかっただろうから。

Ｓｉｄｅ　朝比奈京介

佐藤《さとう》の提案で和木と細山と食料を探すことになった俺は、とりあえずあたりを見た。木々の頭は見えないほど上にあり、一本一本幹が太い。俺たち三人で両腕を広げても一周することはできないだろう。一番小さそうな木でそうなのだから、一番大きな木は一体樹齢何年なのだろうか。よくここまでまっすぐに育つものだ。

俺はそんなことを考えながら黙々と木を斬りつけて来た道が分かるように目印を作っていた。和木は調教した動物たちをあたりに放して探すように言っていたし、細山は地上にある草の中に食べられるものがあるか探している。俺は万が一の護衛のような立ち位置だろうか。一応何かあれば即座に対応できるようにはしている。

にしても、この人選には悪意を感じるのだが。もともとあまりしゃべらない方だが、和木と細山は特に会話をしたことがない。よく考えると、普段あまりかかわりがない者同士のグループ分けであることがわかる。佐藤のことだから何か考えてのことだと思うことにしよう。

「お！　なんかあったのか？」

和木は木の実を咥《くわ》えて肩に降りてきた調教動物をよしよしと撫《な》でた。ぐるぐると喉を鳴らす調教動物は最初のころとは違い、かなり和木に懐いていることがわかる。調教した動物が懐くということは、調教師《テイマー》のレベルが上がっているということ。一見、一番何も考えていないような和木だが、実は陰ながら努力していたのだ。

「おい細山も見てみろよ。サクランボか？」

和木が受け取った木の実はサクランボのような形をしていたが、一粒の大きさは桃くらいあった。

俺は細山の顔をうかがう。治癒師である細山は毒などの有害なものに敏感だ。何も言わないということは食べられるものなんだろうか。

「これはサクランボかな？　ちょっと待ってね」

和木から木の実を受け取った細山は止める間もなくそれを口にした。

「お、おい！」

俺と和木の心配をよそに、細山はけろりとしている。なんともない様子にほっと息を吐きだした。

「何してんだよ！　もし毒だったらどうすんだ！」

和木が声を荒らげる。確かに、細山にしてはいささか不用心だったように思うのだが。

そんな俺たちに細山はにっこりと微笑《ほほえ》む。

「大丈夫よ。治癒師には体内の有害なものを無効化するスキルがあるの。といってもそれを習得したのは最近なんだけどね」

つまり、細山に毒は効かないというわけか。このサバイバル生活に希望が見えてきた気がする。これなら、合流した際に他の班が持ってきた食べ物も細山に毒見してもらえれば安全というわけだ。

「先に言ってなくてごめんなさいね。私もこのスキルがどこまで効果があるのか試さないとわからなかったから」

そう言って笑う細山に少しぞっとする。なんというか、肝が据わっているな。

「とりあえず、見つけた食べ物は片端から私が毒見するわ。それと、このサクランボもどきは桃の味がしておいしかったよ。皮がちょっと渋いから剝《む》いて食べるといいかも」

「わかった！　よろしくな細山！」

結果、細山の毒見のおかげで俺たちのグループはかなりの数の食べられる木の実を見つけることができた。これだけあれば全員腹八分くらいは食べることができるだろう。

「そろそろ太陽が真上だな。帰るか！」

ほとんどまっすぐ進んでいたため、振り返って歩くだけだ。ホクホク顔で、俺が木につけていた傷をたどって集合場所に急ぐ。

「……あれ？」

先頭を歩いていた和木が声を上げる。俺がつけた木の傷、それが途切れた先には、あるはずの少し開けた集合場所がなかった。

Side　七瀬麟太郎

おそらく最初に異変に気付いたのはジールさんでも、司でも京介《きょうすけ》でもなく俺だったように思う。

後から知ったが、それは一定のラインまで成長した風魔法師が無意識に感じ取ることができるものらしく、通称『風読み』と呼ばれるものらしい。直感や嫌な予感と呼ばれる、自分の生死がかかっているような要因が近くにある場合なんとなくわかるというものだ。

「この森、何かおかしくないですか？」

この森に入ったときから感じていた違和感についてジールさんに相談しようと思っていた。他のみんなはその違和感を覚えていないようだったし、だけど勘違いや気のせいと判断するには不穏すぎたから、とりあえずジールさんに相談して判断しようと思っていたのだ。ジールさんと同じ班になり、これ幸いとばかりにそのことについて切り出そうとした。

遅すぎたみたいだったけど。

「ナナセ君、警戒を。少し距離はあるが、今私たちは囲まれている」

本当に食料を探しているような、ごく自然な動作であたりを見渡したジールさんが小声で俺に言う。敵に囲まれているという言葉に俺は自分の体が強張《こわば》るのを感じた。

職業が風魔法師である俺はもちろん後衛であり、人間の中の敵であれ、魔物であれ、真正面からぶつかったことなどない。男として、前線で戦うことに憧れたことがなかったわけではないが、俺がしていたことはせいぜい司や京介の後ろで遠距離魔法を放っていたくらいだ。そして、今まで戦った魔物の中に、勇者と侍の攻撃をかいくぐって後衛がピンチに陥るほどの強敵はいなかった。

だからこそ、前衛の近接戦闘職とは違って、俺は殺意というものを受け止め慣れていなかった。

「ヒッ!?」

どこから攻撃が来るのかとびくびくしていれば、肩に触れた手に体が数センチ浮く。その手をたどると、滅多に見ないくらい険しい顔をしたジールさんがいた。俺の肩を摑《つか》んだ手にグッと力が入る。

「落ち着け。死にたくないのなら、生き残るためのことを考え、生き残るために何でも使うような覚悟をしなさい」

ジールさんは険しい顔をしたまま俺の前に出て自分の剣を抜き、構える。その背中は俺が思っていたよりもずっと広かった。

「君が生き残るために、俺を使え！」

その言葉を聞いて、ようやく手に力が入った。今までのような、どこか距離を感じる敬語ではなく、少しばかり乱雑な、ジールさん本来の言葉が俺の胸に届く。

俺は晶のように一人でいても強いわけではない。俺は司のようにみんなを引っ張っていけるようなカリスマ性があるわけではない。俺は京介のように得意な何かがあるわけでもない。料理が得意なわけでもなく、どんな時でも場を盛り上げるということもできず、誰も癒すことなんてできない。俺には特別なものは何もない。だけど、俺だって生きたい。死にたくない。……俺だって、家に帰りたい。

親に怒られながら朝起きて、慌てて学校に行って、友達と一緒に馬鹿なことをして、勉強をして、ご飯を食べて、そんな普通の生活が送りたいだけなんだ。だからそうするために、その生活を摑み取るために、俺は戦わなければならない。自身に向けられた殺気のせいか、先ほどまで冷え切っていた手が熱を持って温かくなる。

おそらく晶がこの世界に来て初日にしたこと——俺はようやくこの世界を戦い抜く覚悟を決めた。周りの意見に流されるのではなく、自分の意志でそう思った。

「はい!! 俺が死なないために行動します！ ですから、何をすればいいのか教えてください！ 俺はどうすれば生き残ることができますか？」

ぐっと顔を上げ、魔法発動を補助する杖《つえ》を握り、俺はジールさんの瞳を見る。ジールさんは突然変わった俺の顔色に目を見開き、そして嬉《うれ》しそうに微笑んだ。

「よい覚悟だ。では、早速だが……」

ジールさんが俺の耳元でささやいた言葉にすぐに頷《うなず》く。今まで挑戦したことがなかったが、風魔法師としての経験則から、魔法を発動するにあたって強い感情は時として力となることはわかっている。今までのただ流されている俺ではなく、士気が上がった今の俺ならば確実に実行できるだろう。


「準備はいいか？」

「はい、万全です」

敵を迎え撃つ準備は整った。準備をするのに結構時間が経《た》った気がするのだが、敵はまだ来ないらしい。

俺が感じた殺気は怯《おび》えていたからだとしても、ジールさんの索敵範囲は広すぎやしないだろうか。いや、一国の騎士団副団長を務めるにはこのくらいの力量が必要なのだろうか。俺の予想ではだが、おおよそ勇者である司《つかさ》の二倍、近距離戦闘職の京介の五倍ほどの範囲だと感じた。それとも、騎士《ナイト》という職業は索敵範囲が広いのだろうか？

覚悟を決めてからというもの、今まで一切気になっていなかったことに疑問を感じて、本当に俺は、俺たちはこの世界のことをなんにも知らないのだなと実感し、苦笑した。

およそ一分後、体感では一時間ほどの後に、それはやってきた。視界いっぱいを覆うような茶色と緑の魔物が俺たちを囲って、そして一歩一歩範囲を狭めている。

「木!?」

「正確には木の魔物〝トレント〟と呼ばれている。普段は木に擬態しているが、危機が迫る、または繁殖期になると活発に活動し始める」

今回はちょうど繁殖期に出会ってしまったようだな。敵の全貌が見えて動揺する俺にそう言って、ジールさんはかけた罠《わな》にはまるトレントたちを見つめた。魔物にも他の生物のように繁殖期なんてあるのかと驚く。どうやら魔物は思っていたよりも生物に近いものらしい。

俺とジールさんが作った罠は、罠と言っても、ただの落とし穴だ。

風魔法で地面に成人男性が入るくらいの大きな穴を、俺とジールさんが今立っている場所を中心にしてあちこちに仕掛けただけ。穴を隠すような仕掛けも、穴の中に虫を入れるなどという仕掛けもなしで、落とし穴というか、ただの穴だ。人間であれば、知能が高い生物であれば、まっすぐ突き進んでくることなく避けるか飛び越えるかするような、ただの穴だった。それが、トレントたちは地面に無数にできた穴にまるで吸い込まれるようにしてはまっていく。どうやら〝トレント〟という魔物は知能がそれほど高くはないらしい。

やはり、知識というものは偉大だ。レイティス城で、王様に命じられるままレイティス城内の蔵書室には立ち入らなかったが、今はそれが悔やまれた。おそらく蔵書室の中には魔物についての書物もあったのだろう。

「トレントの知能は高くはないが最低でもない。警戒は怠らないように。背後も私が警戒するが、気を配っておいてほしい」

ジールさんの言葉に再び気合を入れる。

「先ほど教えた補助魔法は覚えているね？」

ジールさんの最後の確認に俺は頷く。

「よろしい。では、今度は実戦だ。私が今まで君たちのパーティーを見ていた限り、君が一番周りのことが見えている。……頼んだよ」

ジールさんの激励に俺は再び頷いて、杖を構えた。

「この者に竜をも倒す力を、強大な敵を倒す力を。我が魔力が尽きるその時まで、我が力はあなたの力となる――『風補助魔法：加速』」

緑色に一瞬輝いたジールさんを見て一息つき、再び魔力を高める。

「この者にいかなる攻撃をも通さぬ障壁を。我が魔力が尽きるその時まで、我が力はあなたの力となる――『風補助魔法：障壁』！」

ジールさんに二つの補助魔法をかけて、俺はようやく肩の力を抜いた。ジールさんは問題なく二つの補助魔法がかかったのを確認して、俺の頭を撫《な》でる。

「よくやった。後は私に任せてゆっくりしていなさい」

落ち着かせるような、魔物に囲まれているにもかかわらず冷静な声に、俺は自分の気が緩むのを実感した。

度重なる魔法の行使に疲労が溜《た》まっていたのか、ジールさんの言葉が遠のいて聞こえる。

俺はそのまま意識を失った。

Side　津田友也

僕はいつも弱かった。運動面ではなく精神的な意味で、僕はとても弱い。ビビりであるといえば多少はわかりやすいだろうか。人間関係なんて僕がこの世で一番怖いものだ。そして、僕は僕自身がこの世で一番嫌いである。

日々男っぽくありたいと思っている僕だが、最近では初対面の人に女と間違われるのに慣れてきた。嫌な慣れだとは思う。おおよそ男にはふさわしくないような人間であるが、僕には憧れている人がいる。同じクラスで、同じ剣道部の一年生の時からエースだった朝《あさ》比《ひ》奈《な》京介君。朝比奈君を初めて見たのは中学校の時だった。

中学校入学時の熱心な部活動勧誘を断ることができなかった僕は、初心者でありながら剣道部に入部した。今でもそう思っているが、僕は自分のビビりなところが嫌いであり、直したい。何かスポーツをすれば、何か武道を始めれば少しは自分に自信が持てるのではないかと、その時はそう信じていた。……結果は御覧の通りだが。

　幸いなことに中学校の剣道部は、こう言っては何だがそれほど強いチームではなく、女の子の方に小学校から始めていた経験者が一人いただけの弱小校だった。稽古の内容も、体力がない僕でもかろうじてついていけるようなもので、人数も少なかったので一年生の秋には初めて公式試合に出してもらった。

　団体戦副将として出た僕は、午前中にあった個人戦の部で一年生でありながら三年生たちを破って優勝した朝比奈君と、僕の初陣である一回戦で戦った。初めての試合ということで体育館内に響く音や声に委縮してしまっていた僕は、個人戦をしっかりと見ていなくて、先輩に慰められて初めて朝比奈君が優勝者だと知ったのだが。

　個人戦の部優勝の経験者と、今回が初めての公式試合である初心者の僕では結果は火を見るより明らかで、試合が始まってから十秒も経たないうちに二本取られて負けた。電光石火とはこのことを言うのだろうなと、どこかぼんやりと考えていたのを覚えている。

　気が付けば僕は礼をして試合場を出ており、先輩の隣で面を外して、これまたいつの間にか試合が終わっていた先輩の隣で礼をしていた。結果は惨敗。僕の学校は相手校から一本すら取ることなく初戦敗退した。次の試合が始まるため悔しいと思う暇もなく、慌てて防具をまとめた僕たちだったが、その時朝比奈君のチームで補欠だった人たちがこう言ったのだ。

「全然相手にならなかったな。これなら小学生と試合した方が有意義なんじゃねぇの？」

その言葉に生まれて初めて、頭が真っ白になるくらいの怒りを覚えた。隣で黙っている先輩も悔しそうに唇を噛《か》んでいる。でも、僕は何も言えなかった。怒りを感じているのに、自分の中のビビりな性格がストップをかけて反論すらできない。人と話すのが苦手な自分が泣き寝入りを促してくる。そんな自分を不甲斐《ふがい》なく感じて、僕は俯《うつむ》いた。

「小学生と試合したいのか？　じゃあ退部でもしてその分近くにある道場に行ったらいいじゃないか」

思ってもみなかったところからの言葉に、僕はもちろんのこと、先輩たちも顔を上げてポカンと口を開いた。というか、なぜか補欠の人もとても驚いている。怒っているわけでもなく、ただ自分の思っていることを言ったその人は不思議そうな顔をして、まっすぐに補欠の人を見ていた。

自分の思っていることを、相手に素直に伝えるというのは勇気のいることだ。普通の人はどうかは知らないけど、少なくとも僕の場合はそうなのだ。朝比奈君はきっと何も考えていなかったのだろうが、そんな彼を僕はかっこいいと思った。

それ以来、学校すら違うのに時々試合会場で見る朝比奈君は僕の憧れとなった。人は、自分にないものを持っている人がいると二つの反応を示すという。嫉妬と憧れだ。僕の場合は後者だった。朝比奈君のように、はっきりとものを言えるようになりたい。朝比奈君のように、男らしくなりたい。僕が朝比奈君に憧れるなんておこがましいとは思うが、それでもこの感情は捨てることができなかった。

そんな憧れを抱えたまま僕の欠点が直ったわけでもなく、気が付けば同じ高校の同じクラスで同じ部活動に所属している。朝比奈君は全国大会に出場するほどなのだから、剣道の強豪校に行くかと思っていたので同じ高校で見つけた時は本当に驚いた。風の噂《うわさ》では強豪校は家から遠いから嫌だったらしい。本当にこの高校を勧めてくれてありがとう、中学校の時の担任の先生。先生の数学は何を言っているのか一切わからなかったけど、高校選びの腕だけはピカイチだった。

それはともかく、僕は朝比奈君に憧れている。あの天然な性格で話すたびに人の地雷を踏みまくっていくのはさすがにどうかとは思うが、まあそれも僕にできることではないのでいいなと思う。

でも朝比奈君とこの世界に来て、さらにその距離が開いたように感じた。戦闘のたびに怖がり、騎士という職業であるにもかかわらず僕がしていることは後衛職と変わらない。佐藤《さとう》君と朝比奈君が強すぎたのもあるかもしれないが、僕は最初のカンティネン迷宮での戦い以来、魔物の前に立っていなかった。

いや、立とうとしなかったのだ。

弱いままの自分を直したいと口では言うものの、結局は中学生のあの時から何一つ学んでいないし変わってもいない。こちらの世界に来ても僕は自分に甘く、そして佐藤君と朝比奈君に守ってもらうばかりだった。

だから、こんな窮地に立たされたのだろう。

「司君!! 司君動かんといて! 傷口が開いてまう!」

かろうじて立ち上がれるのは僕だけ。佐藤君は重傷で意識がなく、なのに僕たちを守ろうと立ち上がろうとしている。それを必死に止めている上野《うえの》さんも軽傷とは言い難いほどの傷を足に負っていて、逃げることができない。僕が装備していた盾は先ほど粉々に砕け散った。そして僕たちは今、木に擬態した魔物に囲まれている。

今思うと、今日の佐藤君は少しおかしかったかもしれない。しばらく一緒に行動をして知ったけど、佐藤君は石橋を叩《たた》いて渡るほどの心配性だ。特にカンティネン迷宮でのことを思い出しているのか、魔物と戦うときは万全の状態で戦おうとしているし、呪いなどの異常状態には人一倍気を付けている。

学校での佐藤君は少し近寄り難かったけど、今の佐藤君はみんなのことを第一に考えて、自分にできる限りの努力をしているのが、それほど佐藤君と話したことがない僕でもわかった。普段の佐藤君なら、こんなに危険な場所でバラバラに行動しようなんてきっと提案しない。

　ふと頭によぎったのはカンティネン迷宮で見た佐藤君にかけられていた呪いだ。上野さんは呪いは解けたと言っていたが、あの時はまだ職業レベルが低かったため完全には解けていなかった可能性もある。または、新しい呪いにかかってしまっているのかもしれない。怪しい人には接触していないから、前者の方が可能性は高いだろう。

　なんにせよ、万事休すだ。周りを木の魔物に囲まれて、持っていた盾は砕かれ、握りこんだ一振りの剣は大きく震えている。後ろには怪我《けが》をした上野さんと佐藤君がいるため一歩も下がることができない。前には僕では到底倒すことができない強大な敵。

　僕はこんな情けない性格のまま、自分が嫌いな自分のまま死にたくない。生き残るためには数も実力も不利なこの状況を覆さなければならない。こんな時、朝比奈君ならどうするのだろうか。頭の中に憧れの人を思い浮かべる。物語の主人公のような彼ならきっと、こんな時でも冷静に自分ができることを淡々とこなすのだろう。だから僕も自分ができることをしなければならない。

「う、上野さん！」

　情けなく震える声を張り上げて、顔は前を向いたまま上野さんを呼ぶ。

「ど、どうしたん!?」

　上野さんは驚いて声を裏返す。確かに、僕が彼女に声をかけるのはこれがほぼ初めてだ。だとしてもそんなに驚かなくてもいいのに。でも、余計なことを考えたおかげで少し落ち着くことができた。

「今の僕には、残念だけどこいつらを倒す力はない。このままだとここで三人とも死ぬ」

後ろで息を呑《の》む音が聞こえた。上野さんは足を負傷しているため逃げることができない。佐藤君をここまで弱らせた敵を相手に僕が戦っても時間稼ぎすらできない。

「幸運なことに、こいつらは僕たちを嘗《な》めているからじわじわといたぶるつもりだと思う。だから、まだ少しは時間がある」

「全然幸運やないやん！……まさか司《つかさ》君置いて逃げるとか言うつもりやないよね？」

佐藤君を庇《かば》いながら言った上野さんの言葉に苦笑する。ここで佐藤君を置いて逃げることが一番の悪手だ。勇者である佐藤君が死ぬことは、これからのことを考えると一番避けなければならない。

「そうじゃないよ。僕には倒す力がない。だから、倒す力がある佐藤君に倒してもらうんだ」

カンティネン迷宮で重傷でも僕たちを守るために立ち続けた佐藤君。今も、意識がないのに立ち上がろうともがいている。それをさらに酷使しようというのだから僕はひどい男だと思う。

僕は背負った荷物から一本の瓶を取り出して上野さんの方に放り投げた。

「こ、これって！」

瓶を受け取った上野さんはそれを受け取り、息を呑んだ。おそらく上野さんも見覚えがあるはずだ。

カンティネン迷宮に潜る前に一人五本ずつ支給された生命力ポーションである。ほとんどのクラスメイトは迷宮でポーションを使い切ってしまったし、とてもじゃないけど冒険者が買えるような値段の代物ではないため、きっとそれが最後の一本だ。生命力ポーションの効果はサラン団長の実演とカンティネン迷宮の戦いで僕たちが身をもって知っている。きっと、佐藤君の傷も治るだろう。

「念のため『解呪』もしておいてほしい。佐藤君が今日おかしかったのは上野さんも分かっていたでしょう？」

僕たちは全員そろってやっとこの森にいる魔物に対抗できるくらいなのに、どうしてか班を分けた。よく考えると、これまでの佐藤君からは考えられないほどの愚策だ。

「わ、分かった」

前を向いたままなので上野さんの表情は見えないが、どうやら頷《うなず》いてくれたらしい。

「……呪いよ、我が前から消え去れ――『解呪』」

カンティネン迷宮のときよりも詠唱が短くなっているのは上野さんの努力の賜物《たまもの》だ。魔法師の詠唱は職業レベルやスキルレベルが上がることで短くなり、最終的には詠唱なしで魔法が放てるようになるという。七瀬《ななせ》君や細山《ほそやま》さんのような冒険者の仕事で使うような魔法ならまだしも、解呪という使う場所が限られている魔法はレベルを上げるのが難しい。

「津田《つだ》君、司君の解呪終わったよ！」

「わかった。完全に回復するまで時間を稼ぐから。後は頼んだよ」

剣を握りしめて僕は駆け出した。剣道をしていたからといって、剣技レベルが高いわけではない。むしろ、剣道をしていたことによって剣技には必要のない癖がついているわけで、その癖を直すことを重点的に訓練していた僕はそれほど剣技のレベルが高いわけではないし、一応城で習ったことを忘れないように毎日素振りなどをしているが、それが身についているのかはわからない。

鞭《むち》のような動きで襲い掛かってきた枝を避けて剣を振るう。僕の攻撃は当たりはしたが、枝を切断するでもなく、かすり傷をつけて終わる。

今まではこの攻撃で敵《かな》いっこないと諦めていただろう。だが、今回の僕はひと味違う。

「津田君！　もうちょいで司君の回復終わるで!!」

「了解！！！」

全方向から振るわれる枝を避ける。だが、僕の反射神経ではすべての枝を避けることができるわけではなく、数発はその身に受けることになった。

「ぐぁあ!?」

最後の攻撃によって僕は弾《はじ》き飛ばされた。背中に衝撃が走って意識が飛びそうになる。

「津田君！　回復終わったで！」

上野さんの言葉に僕は立ち上がる。上野さんの隣には先ほどまで重傷で立ち上がることすらできなかった佐藤君が立っていた。

「上野さん、津田君、ごめん。あとは任せてほしい」

申し訳なさそうに眉を寄せた佐藤君は剣を構える。僕は苦笑して言った。

「僕の方こそ回復してすぐなのに頼って申し訳ないよ。だけど、あとは任せた」

鈍く痛む体を引きずって、上野さんが立っているあたりまで下がる。すれ違う時に力強く頷いた佐藤君に安堵《あんど》して、僕の意識は闇に包まれた。

第二章　変化

Side　朝比奈京介

「どういうことだ」

たどり着いた場所を見回して俺はそう呟《つぶや》く。木の幹に付けた目印は変わりがなかった。目印がなくても俺は通った道の木々の特徴を覚えていたし、正確に進んできたと確信している。目印を付けた順番と逆に進めば、集合場所に戻ることができるはずだった。だというのに、たどり着いたのは集合場所の少し開けた場所ではなかった。

「ど、どういうことだよ!!」

和木《わき》が吠《ほ》える。ぐるりと首を回してこちらを見た。

「どうして集合場所に着かない！　騙《だま》したのか！　朝比奈《あさひな》!!」

目印をたどって戻ってきたのは先頭に立って歩いていた和木が一番理解しているはずだ。おそらく混乱しているのだろうと思う。だが、この状況での混乱は命取りになる。俺は周囲を警戒して腰に差した白い刀、〝白龍《はくりゅう》〟を抜いた。

「和木君落ち着いて。囲まれてるよ」

再び何かを言おうと口を開いた和木は細山の静かな声に固まった。俺は細山が囲まれていると気づいていたことに思わず驚く。思いの外、細山の索敵範囲は広いようだ。体内で毒素を分解できることといい、多才で有能だな。

「二人とも俺の間合いから出るなよ」

左、右とせわしなく瞳を動かしてあたりを警戒する。今まで戦ってきた魔物とは比にならないほどの濃い死の気配が漂ってきた。これはまずいかもしれない。

「来た！」

細山の声と共に俺は〝白龍〟を振り抜く。かろうじて目で追えるくらいの速さで、これでは後ろの二人を守りながら戦うのは少し厳しいかもしれないな。しかも、敵の姿はまだ見えない。木の枝のように見えたが木の魔物だろうか。

「……守りながら戦うのは苦手なんだが」

後ろの二人には聞こえないくらいの声量でぼやく。

俺の職業は騎士《ナイト》ではなく侍だ。守ることではなく、相手を斬ることが専門である。つまり俺の防御力はかなり低い。今までは津田が後ろの戦闘員ではない三人や後衛職の七瀬を守っていたから俺と佐藤《さとう》で戦闘に専念できたが、津田がいない今、二人を守るのは俺しかいないのだ。いなくなるとわかる有難さってやつだな。

「そろそろ姿が見えるはず……」

後ろで細山が呟く。確かに、敵の殺気と気配は徐々に近づいてきているが、その姿はまだ見えない。

いや、これは……。

「しまった！」

振り返りざまに二人の後ろにいた木の魔物を斬り捨てる。その枝は二人のすぐそばまで迫っていた。

「木の魔物だ！　枝に気をつけろ！」

敵が分かったとはいえ、木なんてそこら中にいくらでもある。そもそも、魔物と本当の木との区別がつかない。囲まれているからか、気配が至る所に散らばっている。

「仕方がない。全部斬るか」

もう一振り、腰に差していた刀を抜く。こちらは職業がわかった時にレイティス城で渡された刀だ。片手に一振りずつ、『二刀流』のスキルを発動させる。夜な夜な練習していたのだが、完全に習得したわけではない。が、一振りを両手で振るうよりも確実にこちらの方が手数が多い。防御のことを考えないように、攻撃される前にすべて倒す。

「こんなときに言うことじゃないとは思うんだけどよ、朝比奈ってこんなに脳筋だったっけ？」

「う、うーん？」

後ろで二人が何か言っているようだが、集中している俺には聞こえていなかった。

「二刀流──『桜吹雪』」

大きな風が吹き、満開の桜が散っていくがごとく縦横無尽に様々な方向、角度から斬りかかる技。こちらにのばされた枝が細々に斬られた。それでもまだ魔物本体には届いていないだろう。枝を斬られた魔物が上げる痛そうな声がそこかしこから聞こえる。だから、邪魔な枝がない今のうちに決める。

「二刀流──『鎌鼬《かまいたち》』」

突風が吹き荒れる。後ろで細山の小さな悲鳴と和木の驚いたような声が聞こえる。風が止《や》んだあと、その場には切り倒されたたくさんの木があった。そこに生命の気配はない。今の攻撃で木の魔物はすべて倒してしまったらしい。

俺はふぅと息をついて納刀した。

「すげぇな、朝比奈」

振り返ると、傷一つない姿で和木と細山が立っている。今回は本当に危なかった。城から出た直後の俺ならと思うと無傷でいることが信じられないくらいだ。俺も着実に強くなっているらしい。

「さっきは疑って悪かった。お前が俺を騙す理由なんてないのにな。ちょっと冷静じゃなかった」

「いや、いきなりだったからな。慌てるのも無理はない」

和木は軽薄そうではあるが、自分の悪いところは素直に謝ることができるやつだ。今時、素直に自分の非を認めることができるのは貴重なのではないだろうか。こういうところは好ましいと思う。召喚される前の生活ではまず関わることがなかったからか、今になって見えてくるクラスメイトのいいところがたくさんあって楽しい。

「これからどうしようか？　せっかくつけた目印は多分、木の魔物が移動して変わっちゃってるよね」

俺は細山の言葉にあたりを見回した。

「……いや、そうでもないようだぞ」

Side　七瀬麟太郎

俺の目が覚めたのは一時間後のことだったらしい。心配そうな顔で寝ていることを勧めてくるジールさんをなだめて起き上がった。少し体が怠《だる》いように感じる。やはり初めての補助魔法を、しかも種類の違う補助魔法を二つも成功させるために俺の短い人生史上最高に集中したからか、頭も少し痛い。ゲームをしているときでもここまで集中したことはなかった。

「おそらく普段使わない回路の魔力を使ったせいだろう。すまない。無理をさせるべきではなかった」

後悔したような顔をするジールさんに慌てる。

補助魔法は本人以外の魔法師にかけてもらわなければ効果がない魔法である。そして、攻撃魔法とは使う魔力の質が違うため、補助魔法が使えない魔法師もいるらしい。攻撃魔法しか知らなかった俺にとっては青天《せいてん》の霹靂《へきれき》のようなものだった。

ゲームでもパワーアップ系やスピードアップ系の魔法があるのが普通だ。この世界でないわけがないんだよな。盲点だった。そもそも、俺は攻撃のみ重視のゴリラプレイヤーだったたから補助魔法の類がすっぽりと頭から抜け落ちていたのだ。

「さっきのやつは群れを作って攻撃してきていましたよね。もしかすると他にも似たような群れがいる可能性もあるんじゃないですか？」

ジールさんがわざわざ俺に教えてまで補助魔法をかけさせたのは、俺の選択肢を増やすという目的もあるが、本当は万が一に備えて自分の体力と魔力を削らないようにするためだと思う。一番強いキャラクターを生かすためにその他を捨て駒にするのは俺もよくやっていた。

先ほどのトレントは群れだった。というより、トレントが普段は木に擬態して動かないなら、ここが住処《すみか》だと考えるのが妥当だろう。俺たちがばらけるまで待っていたのなら狩場だろうか。どちらにせよ、俺たちはやつらの思い通りに動いてしまったらしい。

そうした考えを話すと、ジールさんは少し目を見開いて苦笑する。

「さすがは勇者パーティーというところか？　アキラ君といい、君たちの知識はどこか歪《いびつ》だ」

今度は俺が苦笑する番だった。

「俺と晶《あきら》は興味をもっていたジャンルがほぼ一緒ですからね。向こうでは娯楽の一種なんで、専門というには知識が足りなく、かといってまったく知識がないわけじゃない。俺と晶の立ち位置なんてそんなもんです。だから、例えば京介《きようすけ》に聞いても同じ答えは返ってきませんよ」

娯楽……とジールさんが唸《うな》る。

きっと戦術になるようなことが娯楽になっているというのが理解できないのだろう。この世界も数百年もすれば争いのない平和な世界になると思うけどな。ジールさんのような人がいるのならなおさら。そういえば司《つかさ》はゲームとかするのだろうか。ゲームはともかく、アニメを見ているような顔をしていないが、人は見かけによらないというし、今度話してみよう。

「ともかく、君の考えは当たっているだろう。ここはトレントたちの住処だ。おそらく他のグループも襲われていると見て間違いない。それに、このトレントたちには厄介な性質があるんだよ」

移動しながら話そうと言ったジールさんに促されて、戦闘のためにそこら中に散らばっていた荷物をまとめる。

「トレントは相手の実力を測ることができる。癖や技ではなく実力のみだが、だからこそ倒しにくい。その理由が分かるか？」

「……トレントの方も対策をしてくる。俺がトレントなら、実力を測ったあとで敵の実力と同等かそれ以上の仲間をあてるようにします」

走りながらの俺の回答にジールさんは頷《うなず》く。その顔は険しく、じっと前を見据えていた。

「私たちは八人のグループを三つに分けた。ここからは私の主観も入るが、一番強いトレントとあたるのはおそらく私たちではなく……」

その瞬間、俺たちが向かっている方向で大きな光の柱が立った。轟音《ごうおん》が遅れて響き、森全体がざわめく。

「私たちではなく、勇者であるサトウツカサ君がいるグループだろう」

ジールさんが顔を青ざめさせる。すこしばかり走るスピードが上がった。

「今のは司の技ですよね？」

「ああ、そうだろうな。だが、このまま戦闘を続けてしまうと森の主を起こしてしまう可能性がある」

ジールさんが言うには、かの先代勇者たちも森の主を起こしてしまい、大変な目に遭ったとか。先代の勇者たちが手こずったという森の主に俺たちが敵《かな》うわけがない。

ジールさん曰《いわ》く、種族間で戦っていたような古い時代からこの森で眠っている、人の言葉を話すことができる龍が森の主らしい。魔物というよりは神に近い存在なんだとか。

ジールさんが顔を青ざめさせた意味がようやく分かった。人間が神様に敵うわけがない。

「おっと、まだいたのか」

先ほど光の柱が立った元へと走っている途中、トレントの群れと遭遇した。うまいこと木に擬態してはいるが、焦っていた先ほどならともかく、よく見ると見破ることができる。

「おそらくはぐれたトレントたちだろう」

トレントたちを見てジールさんが冷静に分析する。だとすれば、先ほど思いついて、試したいことができるかもしれない。

「ジールさん、俺が倒してもいいですか？」

少し考えた後、ジールさんは頷く。万が一のために、ジールさんがすぐ後ろにいることを条件に俺はトレントたちの前に出た。ジールさんが興味津々といった感じで俺の一挙手一投足を見つめている。

「んじゃま、なんちゃってロケットパーンチッ!!」

拳に風魔法を纏《まと》わせて、そのまま手を突き出す。

カンティネン迷宮で見たサラン団長の技のように、拳の延長線上にいたトレントたちが吹き飛び消える。さすがにあの技のように消滅するまではいかないから、細切れになって消えていく瞬間を見てしまい大変気持ちが悪い。ぶっつけ本番にしてはうまくいったけど、絶対に人型の魔物や赤い血が出るような魔物相手にはしたくないな。

「ナナセ君、今のは？〝ろけっとぱんち〟と言ったかな？」

俺の手元をジールさんが覗《のぞ》き込む。サラン団長の変人ぶりは俺の指導を担当していた騎士さんから聞いていたが、ジールさんも大概だと思う。知りたいことがあると何もかもを放り出すタイプだ。

今のロケットパンチ（仮）はそのまんま、自分の風魔法を拳に纏わせて放つ技なのだが、その風がみそなのだ。とある忍者の漫画から得た知識をもとに作ってみたのだが、この風の中には極小の風の刃が入っていて、細胞レベルで相手を切ることができる……という感じの技だったと思う。何しろ二十年近く続き、ようやく完結したご長寿漫画だ。記憶はだいぶあやふやであるが、このまま殴り掛かると俺の手の神経がボロボロになってしまうことを覚えていてよかったと思う。主人公も手裏剣の形に変えて投げていた覚えがある。俺が生まれた年くらいに連載が開始し、完結した時には思わず涙したものだ。

閑話休題、ロケットパンチ（仮）の話に戻ろう。

そのことをもとになった漫画――といっても通じないため、〝娯楽〟としてまとめた

──をさらっと説明しながら走る。もしジールさんも俺たちの世界に来ることができたなら、ぜひとも読ませてあげたいと思う。

「そろそろ着くはずだ。準備をしておけ！」

その言葉の通り、少しして焦げ臭いにおいと共によく見知った三人の顔が見えた。

Ｓｉｄｅ　津田友也

僕が目を覚ましたのは、僕と佐藤《さとう》君が交代してから数分後のことだったらしい。激しい轟音と光の奔流。地面の振動という最悪な目覚ましによって起こされた僕は目の前で繰り広げられている戦いに目を奪われた。先ほどの戦いで少し体を動かすたびに色々な筋肉が悲鳴を上げて動くことができないが、たとえ動けたとしてもこの戦いに入ることはできないだろう。

「聖剣術──『神罰』」

上段に構えている佐藤君の剣から大きな光の柱が立ち上り、視界を焼く。その光の柱にすさまじい力が圧縮されているのを感じた。

城を出た後、僕たちはそれぞれ実戦経験や鍛錬によって格段にレベルを上げた。だとしても、佐藤君には届かない。勇者という職業の特色なのかもしれないが、僕たちが一歩進

む間に佐藤君は十歩も二十歩も進んでいる。さっきは力及ばずに倒れたけど、それは僕と上野《うえの》さんを守りながら戦っていたっていうのもあった。そして、佐藤君は訓練より実戦で色々なことを吸収して成長する。だからこそ僕は多少の無理を承知で佐藤君を回復させたのだ。

「はぁぁぁぁぁ！！！！」

光の柱を振り下ろした先にいた魔物がすべて消滅する。この聖剣術は斬るのではなく消滅させるというのが正しいと思う。それだけ圧倒的な力だということだ。剣を振り下ろした佐藤君に、僕はカンティネン迷宮で僕たちのために退路を築いたサラン団長の背中を見た気がした。僕の憧れは朝比奈《あさひな》君で変わりはないが、佐藤君は老若男女問わずにみんなが憧れる人だと思う。

「おーい！」

佐藤君の技によって魔物が消滅し、森が静まり返ったと思うと今度は七瀬君の声が響いた。いつもと変わらないその声に安堵《あんど》する。七瀬君にはジールさんがついていたから魔物に倒されるというのは想像していなかったが、それでも万が一というのはある。七瀬君は誰とでも仲良くできて、教室の隅にいた僕にも声をかけてくれる人だから彼が死んでしまったらと思うととても悲しい。

「七瀬君、ジールさん！　大丈夫やったん？」

今まで静かだった上野さんが声を上げる。

ぱっと見た感じ二人に怪我《けが》はなく、僕たちは胸をなでおろす。そしてそちらはどうだったのか聞こうと佐藤君が口を開こうとしたとき、それより先に慌てたように七瀬君が叫ぶ。

「俺らには怪我はない！　そんなことよりすぐにここを離れるよ！」

動けない上野さんをジールさんが抱え、疲労困憊《ひろうこんぱい》の僕に、七瀬君と、何が何やらわからないような顔をしている佐藤君が肩を貸してくれた。何かあったのだろうか。

「ジールさんが言うには、〝死の森〟の主がさっきの司の攻撃に反応してしまう可能性があるらしい。先代勇者も避けていたくらいの魔物みたいだぞ！　気づかれないうちに逃げた方がいい」

走りながら聞いた説明に僕は口をポカンと開いた。横を見ると、佐藤君も同じような顔をしている。

「森の主⁇　そんなんおんの？」

「ああ、だから急いでいるんだよ」

と、先ほどの場所から百メートルほど離れたとき、突然地面が揺れて僕たちは倒れた。

「地震か？」

「いや、魔物の声だ。今言った森の主というやつのな。まだ完全に目を覚ましたわけではなさそうだが……」

少しばかり声を潜めてジールさんが言う。

ジールさんがクロウさんに聞いたことには、この森には龍がいて、普段は眠っているらしい。だが、森の中がざわめくと途端起きて眠りを妨げた者は存在を消されると言われている。どこまでがおとぎ話でどこからが本当の体験談なのかは分からないが、あのクロウさんが冗談でこんなことを言うとは思えなかった。

「……どうやら起こしたわけではないと見ていいようだ。森の主のことははじめに言っておくべきだった。すまない」

そこから少し移動して、ジールさんは立ち止まり、岩の上に上野さんを下ろして負傷した足の手当てを簡易的に行う。後遺症が残ることはないくらいの怪我ではあったが、今歩くのは難しそうだ。

「とりあえず朝比奈君たちと合流することを最優先にしよう。上野さんの足を細山《ほそやま》さんに手当てしてもらわなければ」

佐藤君が声をかけるが、でもどうやって合流すればよいのだろうか。この森はかなり深く、あちこち移動したせいで僕はもう自分の現在地が分からない。前後左右どの方角を見ても木ばかりだ。

「なあ、みんなこれ見て!!」

みんなで悩んでいると、岩に座った上野さんが一本の木を指さす。

「あっ！　これは……」

「朝比奈君、和木《わき》君、細山さん。みんな無事でよかった」

再び八人全員がそろったのは、最初に散開した少し開けた場所だった。俺たちがその場所についたときには朝比奈君たちはすでに到着していて、採って来た果実を並べて僕たちのことを待っていた。三人とも怪我はなく、あったとしても小さい切り傷だった。

各自とってきた食べ物を並べて、均等に取り分ける。どうやら細山さんが食べられるものか食べられないものかわかるらしく、はじめに毒見をしてくれた。僕やジールさんたちの班は比較的すぐに交戦したこともあって、朝比奈君たちよりも少ない量となってしまっていた。川で魚を手づかみで取るのは楽しかったが、とても難しかった。

食事をしながら朝比奈君が口を開く。

「にしても、よくここまでたどり着いたな。そっちは何の目印もしていなかっただろう？　森の中で魔物もいるから狼煙《のろし》も焚《た》けなかったし、今晩は三人で野営をするかもしれないと思っていたんだが」

朝比奈君も再会を喜んでいるのか、心なしかいつもよりも饒舌《じょうぜつ》だ。

あ、この魚、鯛《たい》の味がしておいしい。見た目は完全に鯉《こい》なのに。持っていた少量の塩で味付けしただけの焼き魚だけど、空腹は最高の調味料とはよく言ったもんだ。はぐはぐと魚を食べながら会話に耳を傾ける。

これからの方針なんかを決めるときは朝比奈君と佐藤君で決めることが大半だ。たまにジールさんも交ざるけど、普段は口を挟まずに僕たちの方針を了承してくれる。教室ではあんまり話しているところを見なかった朝比奈君との会話にも慣れてきた。

多分無意識だろうけど、朝比奈君と織田《おだ》君は口調が少し似ている。どちらかが似せているのかな？　それとも一緒にいるうちにうつったのかな。


「実は朝比奈君の目印のおかげなんだ」

佐藤君は苦笑して僕たちがどうやってここにたどり着けたのか説明した。

朝比奈君が木に目印をつけていたのはみんなが見てる。だけど僕たちは一つの方向に進むから目印はいらないだろうと目印さえつけていなかった。ということは、木についている不自然な斬り痕はすべて朝比奈君の班が通った後だと考えることができる。木の魔物につけた分ではなく、本物の木につけられた痕を追えば、自然と朝比奈君たちのもとにたどり着くことができる。そして、治療が終わった上野さんが見つけたのはまさに朝比奈君がつけた痕だったのだ。

佐藤君はそのことで朝比奈君たちにお礼を言った後、真面目な顔をして僕たちの方にも向き直った。

「そして、俺が何らかの呪いにかかってしまったせいでみんなを危険な目に遭わせてしまった。本当にごめん」

深々と頭を下げる佐藤君に、僕は真面目な人だと感心した。黙っていればみんながそのことを知ることはなかったのに。言ったところで佐藤君にかけられていた呪いはもう解けているし、過ぎたことだ。僕もそうだけどおそらく上野さんも、みんなに言うつもりはなかったと思う。

「そうか、グループ分けをした時にはもう佐藤は呪いにかかっていたのか」

みんなあまり関わり合いがない人と組まされていたから、朝比奈君は訓練的な意味をはらんでいたのかと思っていたらしい。さすがに佐藤君のようなストイックな人でも、こんな一瞬気を抜いただけで死ぬような場所では訓練しないと思う。やはり朝比奈君はどこか抜けている。

「そういうことだ。津田《つだ》君の機転と上野さんの努力がなければ、ジールさんと七瀬《ななせ》君が森の主について知らせてくれなければ俺たちの班は全滅していただろう」

申し訳ないと、佐藤君がさらに頭を下げる。僕たちは顔を見合わせた。アイコンタクトをして代表で細山さんが口を開く。

「頭を上げて、佐藤《さとう》君。私たちのリーダーは佐藤君で、色々と決める決定権を持っているのは確かだけど、佐藤君だけに重荷を背負わせたつもりはないよ」

結果論にすぎないけど、今回誰も死ななかった。死ななければ大丈夫。死ななければ、僕たちは家に帰ることを諦めないでいられるのだから。

「今回佐藤君が悪かったのは、前に一度呪いをかけられたのにしっかりと対策をしていなかったこと、そして何でもかんでも一人で背負ってしまうことだけ。たかが魔族領に近づいただけでまだ獣人族領内なんだから、こんなところで躓《つまず》いていたら、魔王城にもたどりつけないし、家に帰るのも夢のまた夢だよ。私たちも成長しないと」

ねぇみんな、という細山さんの言葉に全員が頷《うなず》く。その様子を見て佐藤君はぐっと唇を嚙《か》み締め再び頭を下げたあと顔を上げると、とても清々《すがすが》しいような、どこか憑《つ》き物《もの》が落ちたような顔つきになった。

確かにそうだ。こんなところの魔物に躓いていたら、魔族領にいる魔物には手も足も出ないということになる。今回心を決めてから前よりはましになったとは思うけど、まだ足りない。もっと鍛錬しないと。朝比奈君に追いつけるくらいに、もっと強く。

「では、お腹《なか》も心も落ち着いたところで今後のことを確認しよう」

ジールさんの言葉に顔を上げる。みんながよく見えるように円の中心に佐藤君が地図のようなものを広げた。僕たちが授業で使うような細かく地名が書かれているようなものではなく、どこか歪《いびつ》な、手書きの絵だった。いや、僕たちが立派なものを見慣れているだけで、昔の日本地図もこんな感じだったはずだ。

「これは私がレイティス城で見て記憶していた地図を手書きで描いたものだ。私には絵の才能は皆無なので、大変雑だが勘弁してほしい」

そう前置いて、ジールさんは四つの島のうち一番左に位置する島の北側を指さした。

「おそらくこのあたりが現在位置だろう。この部分のみを拡大したものがこちらだ」

下にあったもう一枚の紙を上に置く。この森だけを拡大したものだった。

「この森の中を通り、合流地点に到達するのはこの調子でいけば十三日後。しかしこれは休みなく歩いた場合のことで、休憩や戦闘などで時間を消費して実際は三十日ほどかかると見ていい」

約一か月かかるということだ。飛脚の人ならこれよりもさらに少ない日数で移動することができたんだろうな。この世界にはまだ車や電車、飛行機などが普及していない。本当に、僕たちは恵まれた時代に生まれていたのだと実感した。

「晶《あきら》がこっちに来るまでには何としてもたどり着いていないと、何て言われるか……」

顔をしかめて佐藤君が呟《つぶや》く。小声だったが、みんなにも聞こえていたようで、僕たちはそろって苦笑した。

僕は高校で佐藤君と知り合ったから大したことは知らないが、佐藤君が一方的に織田君のことを嫌っているのには薄々気が付いていた。だって、何かするたびにちらちら織田君の方を見ていたし、そのたびに悔しそうに顔を歪《ゆが》ませていた。嫉妬という感情は彼らの成績の差的にはあてはまらないだろうし、人望は言わずもがな。だけどどうしてか佐藤君はいつも織田君だけを目の敵にしていた。

一方、織田君の方はよくわからなかった。佐藤君が見ているのにも気づいていないようだったし、そもそも織田君はクラスの隅の方にひっそりといた人だったので、クラスのまとめ役だった佐藤君よりも関わり合いが少なかったこともある。織田君は、どこか僕たちとは違う目線で物事を見ているような、目の前のものを見ていないような、そんな感じの空気を纏《まと》っていた。

よくわからない織田君だったけど、この世界に来て、生き死にの瀬戸際を経験して一つだけわかったことがある。織田君はいつだって生きることにもがいていた。家庭の環境が悪いのかそれとも借金を抱えているのか、その理由はわからないし、容易に踏み込んでいい領域ではないので知ることはないだろうけど、いつも織田君は生きていた。僕たちのように今日も明日も分からないような、日々を惰性で過ごしていたわけではなく、ただただ生きることに必死だったんだと思う。こっちの世界に来てからもそれは変わらず、生きること、帰ることに執着している。

多分それが佐藤君の気に入らないところなんだろうなと思う。だって、織田君は絶対に僕たちのことを見ない。一人で前を見て、一人でずんずんと奥へ進んでしまう。僕は別にそれでもかまわないけど、佐藤君はそれが嫌なのだろう。アメリアさんや夜《よる》さんと一緒に行動しているのも、その苛立《いらだ》ちに拍車をかけているような気がする。僕たちの方が一緒にいたのに、同じことを志している仲間なのにって。まあ、織田君が出て行ったときの僕たちは呪いでどうかしていたから、佐藤君もぐっと堪《こら》えているのだろうけど。

二人とも難儀な性格をしているなぁ。間に挟まれた朝比奈《あさひな》君が可哀想《かわいそう》だ。

Side　織田晶

わずかな月明かりが町を照らし、人が完全に寝静まった夜。俺は先日殺したグラムの屋敷の近くに来ていた。一旦町を出たのだが、やることを思い出して俺だけ戻ってきたのだ。クロウとリア、アメリアは町の外で野営をして待っていてくれている。夜はいつものように俺の肩に乗っていた。

「ここか……」

俺はグラムの屋敷の近くで街中でありながら人気がなく、人の目に留まらないように結界が張られている場所で足を止める。何もないように見えるその場所も『世界眼』を持つ俺からは隠しきれなかったようだな。

もし俺が〝人を隠すなら〟自分の近くで、なおかつ地下に隠すだろう。扉さえ完全に見えないようにすれば、大抵の人は地下への入り口があるなんて気づかない。皮肉なことに、俺とグラムは何かを隠す際の思考回路が似ているらしい。それに、入り組んだウルクという町は何かを隠すのに最適な地形だった。

「『影魔法』――起動」

指示したとおり、『影魔法』は結界のみを喰《く》らう。それ以外には一切被害がなかった。

俺はいまだに『影魔法』がどういう魔法なのか知らないでいるが、実用性の高さから多用している。おそらくサラン団長が見れば目を輝かせることだろう。……いや、そういえば、『影魔法』が俺の言うことを聞くようになったのはサラン団長が死んだあとからだったか。

パリンとガラスが割れるような音がして、結界が破られる。先ほどまで何もなかった場所に扉が出現した。おそらく視覚を惑わすタイプの結界だろう。

「夜、準備はいいか？」

『ああ、主殿《あるじ》。いつでもいいぞ』

夜に声をかけてから、俺はその扉を開けた。中は薄暗く、月明かりでぎりぎり足元が見えるくらいだ。埃《ほこり》っぽくて、日常的に人が通っているとは思えない。扉を開けるとすぐ階段があり、どこかの地下に繋《つな》がっているようだった。グラムのことだから何か仕掛けをしていると思っていたのだが、扉を隠していた結界のみだったらしい。少し拍子抜けだ。まあ、結界のみでも十分隠れていたから、普通の人間は見つけられないかもしれないが。

ふと違和感を覚えて扉の内側を見ると、外側にはあったドアノブがなかった。ということはここにいる人間は幽閉されていると考えていいだろう。

下に行くほど濃くなっていく闇の中をコツコツと俺の足音だけが響く。人が一人通れるくらいの幅の階段はまだうっすらと足元が見える。何か灯《あか》りを持ってくるべきだったかな。

一歩一歩警戒して階段を下りながら俺は少し考え込んだ。

俺がここに来たのにはもちろん理由がある。クロウのせいで流れるようにウルクを出てしまったために忘れていたが、俺は攫《さら》われた家族を助けてほしいとエルフ族の人に頼まれていた。俺はその時、〝俺の行く道に転がっていれば拾ってやる〟というような回答をしたと思う。

暗殺をするとき、ざっと建物周辺を確認したが、その時には隠し扉に気付いていた。それを俺は暗殺をしたあとの衝撃やらなんやらで放っておいてしまったのだ。これでは約束を破ってしまったことになる。ということで、わざわざ戻ってきたというわけだ。

「……まああいつらも、できることなら自分たちで助けに行きたいと思っていただろうな」

俺に置き換えてみる。もし母さんや妹の唯《ゆい》が攫われて、助けに行けないこともないのに他のしがらみがあって行けないとき、他の人間に託そうと思うだろうか。いや、今の俺なら自分で動くだろう。ましてやあいつらは獣人族より長生きし、そして魔力もあるエルフ族だ。断腸の思いで俺に託したエルフ族の願いを捨て置くことはできなかった。

『何か言ったか？　主殿』

「いや、何でもない」

地下二階分くらいは階段を下りただろうか。ようやく階段の終わりにたどり着くことができた。暗闇にも慣れた目が階段以外のものをうつす。

「……そこに誰かおるぞ？」

どこかの方言のような妙なイントネーションの言葉が響く。

「また薬作ってってたかっとるぞ？　前にも言ったけど、私はもう人をダメにする薬なんか作らんけぇ！　ご飯ももういらん。人を壊す薬作るくらいなら死んだ方がましじゃ！この人たちもはやく家に帰したって！」

震えた声だったが、しっかりと芯の通った覚悟を決めたような声だった。

「……そうか、お前がアマリリス・クラスターか」

夜がくすねてきた書類に書いてあった、〝強化薬〟を作ったとされる何代か前のコンテスト優勝者。リアたちもその存在を探していたようだが、まさかこんな目と鼻の先にいるとは思わなかったのだろう。まさに灯台下暗しってやつだな。

そういえば、受付で身分証の提示を求められたとき、俺たちは冒険者の証《あかし》であるドッグタグを見せたが、大抵の身分証には職業も一緒に記載されてあった。もちろん本人確認の意味もあったのだろうが、職業の確認もしていたのかもしれない。ただの女を製薬師だと見抜いて利用しようとするなんて考えが、最初からあいつらにあったとは思えないし。

「……誰？　姿を見せて」

俺の声に、アマリリスの声が怯《おび》えたものに変わる。俺は近くの壁に掛けられた松明《たいまつ》に魔石を使って火をつけた。

「……あなた、は？」

松明に火をつけたことで、今まで暗すぎて何も見えなかった両者の視界が明るくなる。俺たちの前にそびえ立つ鉄の檻《おり》の向こう側には、何人かの女性がお互いの体温を分けるように肌を寄せ合っていた。獣人族だけではなく、エルフ族や人族もいる。

今気づいたが、どうやらここは地上よりも寒いようだ。中には唇を紫色にしてガタガタと震えている人もいる。一刻も早く出て体を温めなければ危険だろう。

「……話は後にしよう。ここから出るぞ」

〝夜刀神《やとのかみ》〟を無造作に一閃《いっせん》して檻を斬り捨てる。だが、自由になっても女性たちは動かない。彼女たちの視線は一人の女性に向かっていた。

「これだけははっきりさせておきたいと思います。あなたは私たちの味方ですか？」

エルフ族であろう美女たちに囲まれる中で、人族でありながら一際目立つ容姿の女性が聞いてくる。今のは敬語だったが、彼女が先ほどまで敵意丸出しで叫んでいたアマリリ

ス・クラスターだった。エルフ族も獣人族も、どうやら全員が彼女をリーダーだと認めているらしい。そうではなかったとしても、自分の未来を懸けるくらいの信頼をおいているようだ。

「そうだな。今現在は味方だといえるかもしれない。……俺はエルフ族王女アメリア、ウルク国王女リアの指示の下でここにいる。この二人が信じられないのなら、ずっとここにいろ」

勝手にアメリアとリアの名前を借りてしまったが、いいだろう。リアは王女ではなくなったのだが、この人たちが知っているとは思えないし。何よりこの場から早く出ることが先決だ。騙《だま》してしまったことの謝罪は上でもできる。ここは寒い上に空気が悪い。

思った通り、エルフ族と獣人族の女性たちの顔色が目に見えてよくなった。その様子を見てアマリリスは一つ頷《うなず》く。

「先ほどのご無礼、申し訳ありませんでした。私たちをお助けください」

きれいな土下座をする様子に、エルフ族領で会ったどこぞの社畜《リアム》を思い出す。そうか、先ほどの方言といい、アマリリスは大和《やまと》の国出身か。

「礼は全員無事に自由の身になってから受け取ろう。立ち上がれない者には手を貸してやってくれ。ほぼ動けない者は俺と夜が運ぶ」

夜は頷いて俺の肩から降りて体を大きくする。獣人族の中から少し悲鳴が上がったが、自分の命が懸かっている以上耐えてもらうしかない。鉄格子の向こう側にいた者のうち、立ち上がって歩くことができるのはエルフ族の数人だけだった。獣人族とアマリスのほかに二人ほどいた人族は夜のモフモフの体に埋もれている。はじめは悲鳴を上げていた獣人族の人も夜の温かい毛のおかげでウトウトしていて、思わず苦笑した。

「……あんたで最後だな。アマリリス・クラスター」

他の人が夜の上によじ登るのを手助けしていたアマリリスだけが、俺の差し出した手に首を振って先ほどまで座っていた場所に戻ってしまった。

「いいえ。私はここにとどまります。私は地上で生きるべきではない」

強い意志を浮かべる瞳に俺はやれやれとため息をついた。どこかアメリアを思わせる瞳だ。どうやら本気でここに残り、その命を終えるつもりらしい。

「私は己の命を優先してとんでもないものを作ってしまいました。その償いをしなければ。……あなたが助けに来てくださったのはその方たちのためでしょう？　私のことはどうぞ忘れてください」

とは言われても、俺はすぐに忘れるような便利な脳をしていないし、『忘却』のスキルも持ってはいない。

とりあえず夜《よる》に、他の女性たちを地上に連れて行くように促した。夜は心得たとばかりに頷いて階段を駆け上がっていく。ほっとした様子のアマリリスの前に、俺は腰を下ろした。松明の灯りがアマリリスの良いとは言えない青白い顔を照らしている。なるほど、アメリアやラティスネイルほどではないが、整った顔立ちをしているな。まあ、生来の美貌もこうも窶《やつ》れてしまっては見ごたえもないが。

「勘違いをするな。俺はあんたの言うとおりにしたわけじゃない」

彼女たちが体力、精神的にも限界に見えたから先に上げただけだ。先ほどは〝信じられないのならここに残れ〟と言ったが、本気で置いていくつもりはない。もちろん、アマリリスのことも助けるつもりである。

「……どういう意味ですか。エルフ族の王女とウルク国の王女の使いであるならば、グラムの悪事が世に晒《さら》されたということでしょう。私の作った薬が何を引き起こしたのかも。でなければここに人が来られるはずもない」

ここがグラムに隠されているというのは知っていたらしい。訝《いぶか》しげな顔で俺を見た。俺は肩をすくめて種明かしをした。

「アメリアとリアの使いというのは正確に言えば違う。あれはエルフ族や獣人族の人に安心してもらうための嘘《うそ》だな。俺が約束をしただけだ」

「約束、ですか？」

今度は不思議そうに首を傾《かし》げる。どうやらこのアマリリスは顔によく出るタイプらしい。怪訝《けげん》な顔をしたアマリリスに俺は答える。

「お前を、お前たちを助けること。エルフ族の男たちに助けてきてほしいと頼まれた。……どうやら俺は約束というやつに弱いらしい」

だけどまぁ、エルフ族の頼みがなくても俺は彼女たちを助けただろう。エルフ族との約束になかった獣人族もアマリリスも、ただ俺が助けたいと思った。

アマリリスの閉鎖的なその生き方が俺と出会ったときのアメリアとかぶってしまった時点で、俺の負けだったのだ。

Side ジール・アスティ

森の奥へと進みたい私たちだったが、その歩みは思っていたよりも難航していた。魔物の出現により苦戦を強いられていたのだ。

「そっちにいったぞ、ナナセ!!」

「了解!! とりあえず地面に落ちてくれ!――『ウィンドブレード』!」

アサヒナ君の声でナナセ君が魔法を放つ。風魔法師が最初に教えてもらうという超初級の魔法だというのに、ナナセ君の『ウィンドブレード』は中級並みの威力があった。よく見ると周囲の風が彼に集まっていっているのが分かる。今が戦闘中でなければ今すぐに、その威力は何をどうしたら出るのか問いただしたいというのに。

空中にいた魔物が地に沈む。その好機を逃さず、アサヒナ君とサトウ君が各々の武器を構えた。

どうしてまた戦闘をしているのかという質問に答えるには約五分ほど時間を遡らなければならない。木の魔物——トレントから逃れて合流した私たちは森の道なき道を歩き、できる限り魔物に遭遇しないように注意を払っていた。

「そういえば、迷宮で渡されたあの玉、なんだったんだろうな」

ワキ君が調教した猫の後ろを歩きながら呟《つぶや》く。

たしか、カンティネン迷宮で低層にもかかわらずミノタウロスが出た時の調査報告では、サトウ君が使った魔物除《よ》けの玉が魔物を呼び寄せたとあった。あとでしっかりと話を聞かなければならないと思っていたが、あのあとサラン団長が死に、うやむやになってしまっていたな。ミノタウロスを倒した肝心のアキラ君はあの騒動で城を出てしまったし、今思うとそれも王たちの策略の一環だったのだろう。

「わからない。あのとき最後に俺が使ったのはあの王女に渡されたものだった。他の班のみんなと協力しながら魔物と戦闘しないために使ったんだ。……いや、俺のは確か色が違ったような……」

サトウ君の最後の呟きに私は目を見開いた。魔物を呼び寄せるなり退けるなりする煙玉は冒険者ギルドでも通常販売しており、玉の色でその性能は違ってくる。勇者たちには追い追い教えるつもりだったが、王たちが仕掛けるのが先だったらしい。

「何色だったか覚えているか!?」

「た、確か赤色だったと思います」

少し上空に視線を向けて答えたサトウ君に、やっぱりなという感想と自身が守護していた王族に対する失望を覚えた。

「他の玉が違う色だったことから察しているとは思うが、赤は強い魔物を呼び寄せる玉だ。普段は低層でもレベル上げができるようにするために使われるが、思うにサトウ君が持っていた玉のみ、魔物を退けるのではなく、呼び寄せるものだったのだろう。私たち騎士団も持ち物の確認を怠っていた。申し訳ない」

頭を下げると、サトウ君たちは慌てて頭を上げるように言ってくる。その謙虚さを王たちにも分けてほしいくらいだった。

昔は人を使い捨ての道具のように扱う人ではなかったはずなのだが。だからこそ私たち騎士団は王を守護する騎士団だった。間違っても王から人を守護する役目ではなかったはずだ。

「にしても、どうしてサトウたちを狙ったんだろうな?」

「さあ、勇者が必要なくなったとか?」

ナナセ君の言葉に私は首を傾げる。勇者召喚の前、王たちは殊更に勇者召喚にこだわっていた気がする。それも、王妃様が亡くなって王が何かにとり憑《つ》かれたように調べ物をしだしてからだったか。そうだ、すべては王妃様が亡くなってから歪《ゆが》みだしたのだ。はるか昔のように思えるほど遠い記憶の中の王は、私たち騎士団のことも気にかけてくださる心優しき王だった。

「……さあ、それはともかく、進もうか。このまま魔物に出会わないことを祈ろう」

「ジールさん、それを俺たちは〝フラグ〟って呼ぶんだよ」

あえて話題を逸《そ》らした私の言葉を気にも留めずにナナセ君がげんなりとした顔で言う。ここにアキラ君がいないことに心の底から安堵《あんど》した。彼なら私が少し言い淀《よど》んだことすらも聞き逃さないだろうから。

そして歩き出した私たちだったが、突然周囲が影になり、警戒して各々の武器に手をかけた。城に来たころと比べて格段に慣れたその動作に感心するとともに私も腰の剣の柄《つか》に手をかける。恐る恐る頭上を見上げ、絶句した。

「クジラ!?」

サトウ君はあれが何か知っているらしい。視界全体を覆いつくすような巨大な生物が悠々と空に浮かんでいた。大きな口に魚を思わせるような体をしている。わずかだが鋭い牙も見えた。かろうじて見える小さな黒い瞳は私たちを見下ろしている。どうやら敵として認識されてしまったらしい。先ほど出会わなければよいのにと思ったばかりだったのだが。

「飛行系の魔物は地面に落とさなければ有効打が届かない！　遠距離系の魔法でひとまず地面に落とすんだ！」

声をかけると、早速魔物と比較的距離が近かったアサヒナ君が空に魔法を放つ。

「我が魂を燃やし、我が敵を焼き尽くさん——『インフェルノ』」

アサヒナ君の炎魔法が視界いっぱいを覆いつくす。炎魔法の上級『インフェルノ』。地獄の業火が空飛ぶ魔物を焼き尽くさんとその巨体を覆った。この世界でも使える人間が限られるような上級魔法の一つ。

「……効いてない!?」

だというのに、煙が晴れたあとの大きな魔物には傷一つついていない。ただ、飛んでいる場所は最初よりもかなり地面に近づいている。

「魔法が効かないだけかもしれない！　とりあえず地面に落としてみよう」

サトウ君の号令で各々自分にできる遠距離攻撃を試してみる。

「だめだ！　さっぱり効いてない!!」

ワキ君が絶望したようにうめき声をあげた。全力ではないにしても、確かに攻撃が当たった感触はあった。しかし、その巨体はびくりともしない。

魔法が効かないだけの魔物なら何度か遭遇したことがある。だが、今の攻撃にはワキ君が放った矢や、ホソヤマさんやウエノさんが投げた魔物に効く毒が塗ってある短刀もあった。それらすべてが確かに魔物に届いたはずなのだ。だというのに魔物は一切の傷を負うことなく、いまだに空を飛んでいた。

私はこんな緊迫した状況の中で思わずため息をつく。なるほど、魔族領に近づくにつれてこんな常識の通じない魔物が増えていくのか。アキラ君が彼らの、そして私の介入に難色を示すのも無理はない。彼の心配の仕方は本当に分かり難いことこの上ないが。知り合ってそれほどは経《た》っていないはずだが、どこぞの不器用な鍛冶師と似ている。

「攻撃が来ます!!」

ツダ君が声を上げて非戦闘員の前に大盾を掲げる。彼も森に入る前と比べてずいぶんと成長したものだ。この森がそうさせるのだろうか。そんな戦闘中らしからぬことを考えて、私はそっと苦笑した。

『アアアアアアアアア!!!!!』

叫び声のような鳴き声と共に針のような鋭い何かが魔物の腹の下から無数に発射される。そのすべてを剣で弾《はじ》き、彼らは無事かと視線を巡らせた。そして再び苦笑する。傷ついていても、彼らの目は死んでいなかった。

「そっちにいったぞ、ナナセ!!」

ああ、今ならあれだけ弟子をとらないと言っていたのにクロウ様がアメリア王女に絆《ほだ》されかけているのが分かる気がする。人が、教え子が成長している姿を見るのはとても満たされる気分だ。もっと見たいと思うほどに。

「了解!! とりあえず地面に落ちてくれ！――『ウィンドブレード』！」

Side 津田友也

攻撃が効かない。それは、対抗する手立てがないのと同じだった。つくづくこの森は僕たちに試練を与えてくる。

「二刀流――『乱れ刃』」

目に見えないほどの速さで銀と白の光が走る。七瀬《ななせ》君が地に落とした魔物を朝比奈《あさひな》君が二刀とも抜いて攻撃をするも、傷一つついていなかった。

「はあぁぁぁぁ!!」

佐藤《さとう》君が素早い動作で剣を振り下ろしても、ただ弾かれる。後方援護している七瀬君の風魔法がクジラの魔物を地面に押さえつけてはいるけれど、いつまでももつわけではない。魔法も物理攻撃も効かない。打つ手なしとはこのことだろうか。

「諦めないでください！」

クジラの真正面に来てしまった僕は盾を必死に構えて魔物の攻撃から後ろにいる細山《ほそやま》さん、上野《うえの》さん、和木《わき》君を守る。先がテラテラしていて、明らかに毒があるような針を三人に触れさせるわけにはいかない。じりじりと後退しつつ、何か策はないかと頭の中で考えていると、不意に僕の後ろから人影が飛び出してきた。

「細山さん!?」

「何してんの!?」

僕と上野さんが戸惑った声を上げる。

どこで身に付けたのか、細山さんは素早い動きでクジラの魔物の攻撃をかわしながら徐々に魔物に近づいて行っている。何かを狙っているようだけど、それが何なのかは僕ではわからなかった。でも、細山さんは無駄なことはしないだろう。

朝比奈君と佐藤君、ジールさんがぎょっと目を見開き、彼女を守る態勢に入った。七瀬君は魔法に集中していて気づいていないが、細山さんのそばには今はジールさんがいるのだから、おそらく大丈夫だろうと思う。

しかし、細山さんはその顔に似合わず意外と行動派だ。三人に口頭で作戦を伝えたらしいが、その声はここまで届かない。後ろにいる二人は細山さんのようには動けないだろうし、現在僕たちが一方的に大量の針の攻撃を受けているからこそ他のみんなが攻撃に専念できているのだ。どちらにせよ僕たちは作戦に参加できないだろうけど、一言くらい何か言ってほしかった。本当に心臓に悪い。

「よし、行くぞ！」

ジールさんの号令を合図に三人が魔物に一斉に攻撃をする。同じ箇所を攻撃しているのに、お互いの邪魔を一切しない流れるような連携だが、ほぼぶっつけ本番なのだから三人ともすごい。召喚された者は普通の人族よりステータス値が高いらしいから、すごいのは朝比奈君と佐藤君についていけているジールさんなのだろうか。

「いまだ！　細山！」

ここからではよく見えないけど、おそらく全員の攻撃を一点に絞って穴を空けたのだろう。女性の人差し指がぎりぎり入るくらいの小さな穴。攻撃が完全に無効化されているわけではなかったらしい。だとしても勇者と侍、騎士《ナイト》が全力で攻撃をしてそれでも小さな穴一つしか空かなかったのだから、その強度は推して知るべしだ。

そして、攻撃が効かないとパニックになっていた僕たちと違って、じっと観察をして完全に効いていないわけではないことに気付く細山さんがすごい。女性って土壇場とかで強さを発揮するって聞いたことがあるけど、本当にそうみたい。

『ギャァァァアアアアア！！！』

大きな悲鳴と共に、魔物の攻撃が弱くなり、そして止《や》んだ。油断することなく盾は構えたままだけど、急に衰弱した魔物の様子からしてもう攻撃をする力がないことが分かる。

おずおずと僕の後ろから出てきた二人に警戒を促しつつ、僕らも魔物の近くに寄る。攻撃を合わせていた三人と魔物を押さえていた七瀬君が細山さんの周りに集まっていた。

細山さんは一体何をしたのだろうか。

「生命力を奪った!?」

和木君が大きな肉を頬張りながら目を剝《む》く。

円になった僕たちの中央で焼かれていた魔物の肉を自分が食べられる分だけとって齧《かじ》る。

ちなみにこの肉は細山さんたちが倒したあのクジラの魔物の肉である。

死んでからは普通のナイフでも切り裂けるほど柔らかくなった魔物を食べようと言い出したのは細山さんで、本人のスキルによって毒見は完璧である。すこし不安を感じて、遅効性の僕も検知できるのかと聞いたところ、満面の笑みと力強い頷《うなず》きが返ってきた。どうやってそれを確かめたのかは僕には聞く勇気がない。というか知りたくない。

倒した魔物のお肉を食べるのはいまだに慣れていないけど、魔物の肉の方が家畜の肉よりもよほどおいしい。どうやら死んでもわずかに流れている魔力のおかげらしいと聞いたことがある。どうりで僕が冒険者ギルドに行ったときに魔物の肉をしきりに勧められるわけだ。引退した冒険者も総じて立派なお腹《なか》をしていたし。

「そう。ちょうど、自分の魔力を他人に分け与える治癒と逆だね。悠希《ゆうき》ちゃんの解呪を見て考えついたの。生命力は魔力と違って感じることができるわけじゃないからかなり難しかったけど、無事取得しました。スキル『悪食』」

ピースをしてにっこりと微笑《ほほえ》む細山さんだが、スキル名がかなり不吉だ。『悪食』ということは、つまり何でも喰《く》らうということだろうか。毒見といい、細山さんがいないと困ることがまた増えたが、彼女は一体どこに向かっているのだろう。

「直接触らなければだめだし、さっきのように皮膚の強度が高いものにはその下に触れなければだめなんだけど、今回のような魔物が出てきたなら攻撃の一つとして数えてほしい」

真剣な表情の細山さんに僕は願ったり叶《かな》ったりだと頷いた。が、佐藤君はそうではないらしい。

「今回はうまくいったけど、次もそうなるわけじゃない。しかも、津田《つだ》君に知らせずに盾の後ろから出るなんて自殺行為だ。もし君に気を取られて津田君の盾が緩んでしまっていたら、今ここに津田君、上野さん、和木君はいない。もちろん一歩間違えれば君も死んでいた」

思いのほか厳しい言葉に僕はおや？　と首を傾《かし》げた。記憶にある限り、佐藤君がこうやって声を荒らげるのは織田《おだ》君を相手にした時だけだ。いつも優しそうに笑っている佐藤君が眉根を寄せて怒る姿を見せるのは珍しい。

しょぼんと顔を俯《うつむ》かせた細山さんに佐藤君はさらに言う。

「俺は勇者だが、全能じゃない。全員を守ることはできない。だから、次にやるときはしっかりと仲間の同意を得て、誰か一人護衛役をつけてからやってくれ。ここにいる誰か一人でも欠けることがあれば、俺は耐えきれない」

「……そうね。ごめんなさい、浅慮だったわ」

「いや、分かってくれたのならいい。食事を続けよう」

素直に頭を下げる細山さんを見つめる佐藤君の瞳に熱が宿っているのが見えた。

Side　和気大輔

〝情けない〟。俺の今の心情を表すのにこれほど的確な表現はないだろう。この森に入ってから……いや、佐藤たちと城を逃げ出し、初めての戦闘をしてからこの思いは俺の心の中でくすぶっていた。男子が俺以外全員戦える中、俺は女子たちと一緒に津田の盾の後ろにいる。

調教師《テイマー》は基本戦闘に参加できない職業であるが、魔物を使役できた場合はそうではない。だというのに、俺が使役できるのは今現在動物だけ。レベルを上げなければ使役できないというのはわかっている。だけど、心が逸《はや》ってしまうのは仕方のないことではないだろうか。

俺がレベルを上げても他のやつらはその時間でさらにレベルを上げていた。同じパーティー内にいようが、魔物と戦闘している者としていない者のレベルはどうしても差が開いてしまう。それを訓練で上げようとしても魔物との戦闘の方が経験値が多いのは仕方のないことだった。今まではそういう言い訳はいくらでもできたのに。

「だとしても、こりゃあねぇよな」

クジラの魔物との戦闘で致命傷を与えたのは細山だった。治癒師で、俺よりも基本ステータス値が低いはずの職業にもかかわらずあんなに大きな魔物を指一本で倒してしまった。

言い訳が利かなくなってしまった。俺が今まで自分に言い聞かせてきた、職業の違いのせいという言い訳が使えなくなってしまった。治癒師である細山ができたのなら俺にできないわけない。細山が使っていたスキル『悪食』じゃないが、俺にだって戦える方法はあるはずだ。

「……でも俺馬鹿だからなぁ」

中学も高校も勉強をする場所ではなく部活をしに行く場所だったから、テスト前の部活動禁止期間と出された課題以外に勉強をしたことがない。特に、柔軟な考えが必要な教科が苦手だし。

「和木君、どうかしたの？」

食事を作るのに使った道具を俺と一緒に近くの川で洗っていた津田が、俺の呟《つぶや》きに反応して顔を上げた。そういえばこいつ近くにいたな。クラスにいた頃から空気薄いというか、織田ほどじゃないけど気配が分かりづらい。というか、こいつとあまりしゃべった記憶がない。その上に女顔で首を傾げて上目遣いで見てくるもんだから変な気分になる。

「いや、何でも……」

「あ、さっきの細山さんのスキルの話で何か悩んでた？」

何でもないと言った俺の声は遮られ、さらに図星をつかれた。そうでしょ！　とキラキラとした目で見てくる津田に、こいつこんなキャラだっただろうかと首を傾げる。いや、俺が見てないだけで近くの友達にはこんな姿を見せていたのかもしれない。案外人懐っこいんだな。

この際、腹をくくって相談してみようかと俺は口を開いた。きっと俺よりは頭がいいだろう。

「非戦闘職業の治癒師が生命力を奪うことで魔物を倒せるなら、俺もどうにかして倒すことができないかって思ったんだよ。俺そんなに頭良くないし、なんかいい考えないか？」

「うーん、調教師の戦い方……」

津田は腕を組んで首を傾げながら真剣に考えてくれた。俺は少し笑ってその様子を見ている。

教室の隅の方でひっそりと生活していた津田と、教室の中央でバカ騒ぎしていた俺が一緒に旅をすることになるとは思ってもみなかった。俺は案外この生活に満足している。家に帰りたいかと言われれば、そりゃあたまに母親が作ったご飯が懐かしくなるときもあるが、ぐちぐちとうるさい声が聞こえずに清々している。

あれだけ毎日頑張っていた部活も、こんなことがあったからにはレギュラーを降ろされてるだろうし、そもそもこちらとあちらの時間の流れが同じとは限らない。目指していた大会も終わっているかもしれないし、もしかしたら浦島太郎のように何百年もあとの世界になっている可能性だってある。異世界があったのだから、そんな可能性も有り得るのではないだろうか。

「僕が思うに、調教師って魔物を殺すことに致命的に向いていないと思うんだ」

俺はハッと顔を上げた。そういえば津田に相談している最中だった。

「どうしてそう思う？」

足元にこつんと何かが当たるような感触がしたので見ると、相棒と言っても差し支えないくらい一緒にいる猫が俺の膝に頭を擦り付けていた。猿より先に、城の中で使役したんだったか。俺は猫を抱き上げて優しく頭を撫《な》でてやる。ゴロゴロとリラックスしたときの音が猫からした。

「多分だけど、調教師ってそうやって動物や魔物を手懐《てなず》けるっていうか、飼い慣らす職業でしょ？　だから和木《わき》君が考えるべきなのは魔物を殺すことじゃなくて手懐けることだと思う」

俺は首を傾げた。そうなれば、はじめに考えていたことに戻ってしまう。まだレベルが足りなくて魔物を使役することはできない。結局俺は今どうすればいいんだ？

「調教師ができることって、使役するだけじゃないと思う。だってその子は心の底から和木君を信頼してここまでついてきてるもん。無理やり使役されてるからじゃなくて。そういうのを初対面の魔物相手にするのは無理かな？」

俺にもだんだんわかってきた。要は俺と猫が築いた信頼を、魔法で魔物相手に一発で決めればいいわけだ。ただの手練手管では無理だけど、魔法ならできるんじゃないか。おそらく完成すれば洗脳に近い効果を生むことになるだろう。

「魔法は僕たちが考える不可能を可能にする手段だから。考えれば考えただけ、思えば思うだけ魔法は返してくれるよ。そう僕を城で教えてくれた騎士の人が言ってたからね」

俺は見えてきた希望に笑った。そこでやっと、自分が森に入ってから今まで笑えてなかったことに気付く。他のみんなにも心配をかけてしまったかもしれない。

腕の中で寝てしまった猫を抱える手とは反対の手で津田の背中を叩《たた》いた。津田は女のように華奢《きやしや》なのでもちろん手加減をしてだ。

「わっ!?」

「サンキューな！　お前のおかげで理想像は見えてきた！」

俺は洗い終わった道具と猫を抱えて立ち上がる。

「それと、男で〝もん〟はやめといた方がいいぞ。お前は似合うけど、それが嫌なんだろ？」

教室では関わることがなかったけど、こっちに来てからは一緒に生活をしていたのだ。みんなの努力も、何を目標としているのかも、見ていればわかった。

まあそんなこんなで目標が決まったはいいが、とっかかりが分からない。

スキル『洗脳』っぽいものを目指せばいい、それはわかる。だが、俺は『洗脳』なんて見たことがない。いや、見たことない方がいいんだろうけど。参考にするものがあればいいのだが、レイティス城の王女にかけられた呪いは感覚的に何か違う気がする。あれは洗脳というかそのまま呪いだ。どう違うのかは感覚で生きている俺には説明がつかないが、とりあえず違う。

そこまで悩んでから、俺はひとまず一人で考えることを諦めることにした。やっぱり俺一人じゃ無理だ。他のやつに聞いてみるか。まずは実際にスキルを自力で取得した細山《ほそやま》から。

「え？　スキルの取得方法？」

昼飯の時間、みんなと少し離れた場所で装備品の点検をしていた細山に思い切って聞いてみた。顔を上げた細山はぱちくりと目を瞬かせる。

「そ。俺には『悪食』を取得することはできないだろうけど、昨日の夜に津田に相談に乗ってもらって、思いついたのがあるんだよ。んで、それをどうやってスキルにすればいいのかわからなくて行き詰まってる。なんかコツとかないか？」

　ここまで頭を働かせたのは前回のテストの時にテスト前の数十分でテスト範囲を頭に詰め込んで以来だ。テストの結果はもちろん散々だったが。

「なるほど、洗うだけなのに遅いと思ったら……。んー、コツねぇ。城にいた時に騎士《ナイト》の人たちに教えてもらったことを実践しただけなんだけど」

　俺は首を傾げた。俺たちはステータスやスキルなどのことは基本的に一人一人についていた騎士団や専門職の人に教えてもらっていた。つまり、みんなバラバラの人に教えてもらったため教わったこともバラバラだ。おそらく津田も教わっていないのだろう。でなければ、昨日津田が教えてくれていただろうし。

「あー。俺は聞いてないかも。調教師は調教した動物との絆《きずな》を深めることが最優先だったし」

　俺につけられたのはどうやら人に教えることが向いていない人だったらしい。そうでなくても調教師とか非戦闘職で、なおかつ戦力にならない人材の育成なんてしている暇がなかっただろうし。有能な人は戦闘職のやつらや細山のような戦闘に必要な職業の人につけられていた。

　本当に、いろんな意味で実力主義というか、職業主義だよな。同じような職業でも侍と騎士では扱いが違い、そしておそらく治癒師と解呪師でも違うのだろう。あそこを出てから気づいたことだが、本当に城を出てよかったと思う。

「そうなの？　じゃあ一応あとでみんなにも共有しておこうね」

　それに比べて細山の公平さは眩《まぶ》しいね。しかも有能で優しく、外見もいい。もはや嫉妬心すら湧かない。天は細山や佐藤《さとう》に一物も二物も与えすぎだ。

「まず、スキルの取得に必要なのは強い心なの。目に見えないものだし、そもそも一人一人違うものだからここで躓《つまず》く人が多いみたい。科学が進歩している世界で生きていた私たちにとってあまりよくわからないものだし、解明はされていない。だけど、ステータスと心は深く結びついているって私を教えてくれた騎士団の人が言っていたの」

　そういうのを専門に研究している人もいるみたいだけどね、と呟いて細山は言葉を切った。そういえば津田《つだ》も昨日の夜に同じようなことを言っていた気がする。

「とりあえず念じてればいいのか？」

「そうじゃなくて、多分一瞬のことだと思う。私もそうだったし」

　俺は首を傾《かし》げたが、細山もそれ以上に説明しようがないのか、それだけ言って指を二本立てた。

「とりあえず次。二つ目は魔力ね。自分の魔力量で本当にそれが可能なのか。もし自分が所有している魔力以上の魔法を使おうとすれば、良くて魔力の枯渇で生死を彷徨《さまよ》う。悪くて無理に体から放出した魔力のせいで木っ端微塵《こっぱみじん》。私の『悪食』はそれほど消費魔力が多いわけじゃなかったからその心配はなかったけど、もし和木君が考えているスキルが自分の魔力量以上の魔力を使うことになるのなら私は君を止めなければならない」

真剣な眼差《まなざ》しに俺は息を呑《の》んだ。そういえばこれだけ近くで細山と会話をしたのは初めてだし、これほど近くで細山の瞳を見るのも初めてだ。吸い込まれるような瞳に、俺は呆《ぼう》然《ぜん》としたまま頷《うなず》いた。

「昨日佐藤君が私に言ったでしょ？　〝一人でも欠けることがあれば耐えきれない〟。それは私もなの。昨日まではその中に私は入っていなかったけど、それもう終わりにしたから、和木君も約束して」

なるほどなと俺は頷いた。『毒見』や『悪食』のときの細山の無謀ともとれる行動は自己犠牲からくるものだったのか。

頷いた俺を見た細山は満足げに笑って三本目の指を立てた。

「最後に、既存のスキルであること。スキルを新しく作ることは神に選ばれたものにしかできないらしいの」

前半の言葉は手さぐりに目標を探している俺にとって衝撃的だったが、それよりも後半の言葉に興味をひかれた。

「神に選ばれたもの？　なんじゃそりゃ、胡散臭《うさんくさ》い話だな。なんかの宗教か？」

俺の言葉に細山は眉根を寄せて顔を振る。

「違うの。この世界での神様は創造神・アイテルという名前の一柱だけ。多くの人がアイテルが実在していると信じている。特に供物を捧《ささ》げたり祈ったりしているわけじゃないようだけど、それでも信じている人は多いから、特にエルフ族の前での発言には気をつけて」

どうやらエルフ族とアイテルの間には何らかの繋《つな》がりがあるらしい。一番アイテルのことを信じているのもエルフ族だとか。エルフ族は寿命も長いしエルフ族内で受け継がれてきた伝承もあるという。だから、他の種族もアイテルのことを信じている。昔のことについて信憑性《しんぴょうせい》が一番高いのがエルフ族の言葉だからだそうだ。

魔族は大陸の北半分が吹き飛んだことによって一度伝承がリセットされたのだとか、魔王が裏で情報を操作しているから信用ならないだとか憶測が飛んでいるらしい。

アメリアさんもアイテルが実在するのだと信じてるのだろうか。

「まあそれは置いておいて、話を戻すね。既存のスキルかどうかわからなくても、もしこの世界にないスキルなら取得できずに終わるだけだから気にしないで。今和木君が心配すべきなのは魔力量と強い心ね。一朝一夕でスキルが取得できるのならこの世界の人はみんな最強だし、私たちも日本に帰ってるだろうから、簡単だと考えないこと。行き詰まったりしたら私も相談に乗るから。頑張ろうね」

パチリとウィンクを飛ばして、細山は点検し終わった装備品を手に、みんなのところに戻っていった。不覚にも上がってしまった顔の熱を冷ますためにパタパタと手で頬のあたりを扇《あお》ぐ。

「うわあ、ウィンクが似合う女子って初めて見た。こりゃあ佐藤が惚《ほ》れるわけだ……」

細山と話している間ずっと感じていた鋭い視線に俺は苦笑する。津田の盾の内側にいたとはいえ、俺だって死線をくぐってきたのだ。日本にいた頃では絶対にわからなかっただろう視線くらい感じとることができる。

「にしても、絶対に尻に敷かれるだろうな」

同級生の将来を思い、年頃の青年にはふさわしくない重いため息が口から漏れた。

Ｓｉｄｅ　織田晶

道なき道というのはこういうことを指すのだろう。現在、魔族は他の種族とのかかわりを一切断っている状態であり、それが何百年も続いている。魔族領に一番近い獣人族領の一帯は深い森で覆われており、その周辺でさえ、人工の道はまったくない。その森にまだ入ってはいない今でも道なき道を通っている。獣道さえないのがいっそ不気味だった。

迷いなく進む先頭のクロウはどうやら合流地点への直線方向に足を進めているらしい。森には大型の魔物が暴れた跡こそいたるところにあるが、ほかの動物は一切存在しないような不気味な静けさに満ちていた。それも人間や動物が近づかない要因であるのだろう。顔の周りをブンブンと煩わしかった虫もめっきり姿を見せなくなった。

そんな場所にずかずかと足を踏み入れているわけだが、森の奥へ、魔族領へと近づくにつれて襲ってくる魔物の数がどんどん多くなっている。リアが常時結界を張ってくれているおかげでそこまで張りつめて警戒はしていないが、それでも常に神経を尖《とが》らせていないといけないこの状況にストレスが溜《た》まっている。迷宮とは違い、全方向に注意を向けなければならないのは骨が折れた。先に行った勇者たちもストレスを感じたことだろう。

勇者たちは無事に切り抜けられたのだろうか。いや、そもそも勇者たちはこの道を通ったのか？　地面に人間の足跡がまったくない。あるのは大きな爪痕のみで、小動物がつけたような小さなものすらなかった。

あたりの様子を観察しながら、そういえばと思い出す。俺の稽古は基本的にサラン団長がつけていてくれたため、ジールさんの実力はよく知らない。迷宮の中で、重たい鎧《よろい》をつけたまま壁を走るという人間離れした芸当も軽くこなしたことから、相当な機動力があるのはわかる。複雑な連携技の片翼も一人でこなしていたが、単純な剣の戦闘力の方は大丈夫なのだろうか。クロウのお墨付きがあったから勇者たちを任せたが、本当に大丈夫なのか？　いや、戦闘力は置いといて、道に迷ったりなんてしていないだろうな？　こんな時こそ、リアルタイムで通話やメッセージのやり取りができる携帯電話が欲しい。

「アキラ様、少しよろしいですか？」

勇者たちとの合流地点へ急ぐ中、俺はリアに声をかけられて歩みを緩める。先頭にクロウ、次にアメリア、アマリリス、リアときて殿の俺の順で行動しているため、距離的には会話しやすかった。

意外とアマリリスは俺たちのスピードについてこられている。幽閉されていたため運動不足になっているかと思ったが、みんなで一緒にあの狭い牢屋《ろうや》の中でできる限り健康的に過ごしていたらしい。あの中の一人が医者だったため、製薬師のアマリリスと協力をしてみんなの健康管理をしていたとか。

とはいえ戦闘職ではないのでリアよりも体力は劣るらしく、アマリリスのスピードが遅くなり始めた時にはリアかアメリアが彼女を抱えて進んでいた。エルフ族の王女と獣人族の元王女が次はどちらが抱えるかを楽しそうに言い争っている姿と、ひたすらに恐縮している人族という構図は本当に見ていて飽きない。

あの寒い場所からアマリリスを連れ出した後、アメリアたちと合流する前に俺はアマリリスに、俺たちについてくるかどうかを聞いた。あの場所に残ると言ったのはアマリリスの意志だったが、それを俺のエゴで連れ去ったのだ。　俺はアマリリスを含む全員を助けたかった。

アマリリスは〝強化薬〟を作ってしまった償いをしなければならないと言う。ならばと俺は選択肢を増やした。

生き恥を晒《さら》すか、死ぬか、俺たちについてきて、〝強化薬〟の解毒薬を開発するか。

それを聞いたアマリリスは、少し悩んだあと、あの牢屋の中で死ぬと決心したときと同じ強い光を浮かべた瞳で必ず解毒薬を作ると言った。

リアとはウルクを出てからアマリリスについて少し話したっきり無言だったのだが、俺と話すために考えをまとめていたのだろうか。クロウとアメリアはちらりとこちらを見たが、気を利かせて会話が届かないくらい遠くに離れてくれた。リアの顔色から聞かない方がよいと判断したのだろう。クロウも、こういう気遣いができるならぜひとも日常生活で発揮してほしい。

「で、なんだ?」

二人が声の届かないところに離れたのを確認してから、リアを見下ろす。胸の前で杖《つえ》をぎゅっと握って、意を決したように俺を見上げた。

「こんなことを言うのも変ですが、獣人族の一人としてあなたに言いたいことがあります」

俺は息を呑んだ。このタイミングで言うことがあるとするならば、それはグラムのことだろう。朝は何かとバタバタしていて忙しかったし。十中八九、俺が殺した人間のことだ……。バクバクと心臓が荒れる。まるで、俺がリアからの言葉を恐れているかのようだ。

「おい、来るぞ!!」

リアが口を開こうとしたちょうどその時、クロウの声が森に響いた。迷宮に長時間潜っていた癖ですぐさま臨戦態勢になるが、その魔物はアメリアの『重力魔法』の餌食となった。どうやら、アメリアとクロウは俺とリアがちゃんと話すべきだと思っているらしい。

アメリアに片手をあげて礼を言うと、にっこりと笑ったあとにクロウの隣に並んだ。あいつら、師弟関係になってからよく話すようになったな。アマリリスは森に生えている珍しい薬草に目を輝かせてあっちこっちにフラフラしていた。まあ、クロウが見ているから大丈夫だろう。

「アキラ様、よろしいですか?」

こっちはこっちで話を続けるつもりらしい。俺、こういう真剣な話を対面でするのは苦手なんだが。

「あ、ああ、悪い。続けてくれ」

「では、改めて。元王女として、アキラ・オダ様。我が種族が大変ご迷惑をおかけしたこと、お詫《わ》び申し上げます。他種族へ迷惑をかけたばかりではなく人身売買に監禁、王族であるにもかかわらずにそれらの隠蔽。そして迷宮氾濫の危機を救ってくださった勇者様に対する対応。他にも挙げればきりがありません。本当に申し訳ありませんでした」

頭を下げるリアに俺はどうするのが正解なのかわからずとりあえず、下げられた頭をポンポンと叩《たた》く。

「頭を上げてくれ。俺は特に気にしてない。そもそも、この世界に来た時点で理不尽なことばっかりだったしな」

俺が俺のためにした行動に謝られる筋合いはない。

「それよりもリア自身はどう思ったんだ？　アマリリスのことも含めて」

アマリリスのこと、そしてこれから同行するということを含めて説明したとき、リアの反応はなかった。

「叔父……元叔父のことを、私は許すことができません。同じ獣人族として今までの人身売買のこと、クロウ様の妹様のことも。そしてアマリリスさんのこともです。死んで当然だと、そう思っています。だけど……」

そう言ってリアは顔を俯《うつむ》かせる。

「だけど、クロウ様の仇《かたき》をアキラ様がとったこと、どうしても納得はできません。アキラ様にも理由があったのだと理解はしています。だけど、このままだとクロウ様は生きる理由がなくなってしまう。数十年越しの悲願が叶《かな》った人間がどのような行動をとるのか、私が分かっていないとお思いですか？」

　それは俺も分かっていたはずのことだった。今のクロウはかなり危うい。妹の仇を、俺を介してとってしまったクロウはいつ死んでも良いと言わんばかりの雰囲気を纏《まと》っていた。そもそも老化が始まってかなり時間が経《た》ってしまっている。こうして俺たちを魔族領まで案内し終えたとき、クロウがどんな行動をとるのか、想像に難くない。

「そうだな。俺もクロウもかなり考えなしだったとは思う。だが、クロウもかなり悩んだ上での決意だってことはわかってやってくれ」

　俺がそう言うと、リアは涙が滲《にじ》んだ目で頷《うなず》く。

「わかっています。わかっているんです。……でも、クロウ様は私に言いました。〝妹の復讐《ふくしゅう》を考えた時点で、それを若者に押し付けた時点で地獄行きは決まっている〟と。これが終わったらクロウ様は幸せになることも生きることもせずに地獄に逝くおつもりなんです。そんなの、……私は耐えられません」

　こらえきれなかった涙がポロリと地面に落ちた。俺には、その涙を拭う資格はない。

……本当に、何やってんだクロウは。

　俺はため息をついて上を向く。ついでに上空を泳ぐようにして漂ってきたクジラの魔物を『影魔法』でサクッと頭部を落として食料を入手する。

「とりあえず飯にしよう。そっからクロウにどう伝えればいいのか考えような。俺も協力

するから。もちろんアメリアや夜《よる》も」

アマリリスはどうかわからないけど、きっと協力してくれることだろう。

Side　上野悠希

羨ましいと、そう感じるのは恥ずかしいことだろうか。じゃあ、友達を憎いと思うことは？　羨望が絶望に変わって、そして憎悪に変わるのはそう難しいことではないと、私は知っている。ずっと、そうだった。私たちの関係はいつになっても、どこへ行っても変わることはなかったのだから。栞《しおり》ちゃんに敵《かな》わないというのはこの世界に来る前からわかっていたことだった。

〝栞ちゃんは何でもできて可愛《かわい》いのに、悠希《ゆうき》ちゃんはそうでもないよね〟

〝なんで悠希ちゃんは栞ちゃんの友達なのにこんなのもできないの？〟

〝悠希ちゃんって男の子みたいな名前だし、変なしゃべり方するよね〟

幼い子供の無邪気な問いかけは思いの外、心を削った。

昔、私と栞ちゃんはいつも一緒にいて、何をするにも一緒だった。親の仕事の関係で関西から転校してきた私の最初の友達になってくれたのが栞ちゃんだったから。だけど栞ちゃんはみんなのアイドルで、憧れで、何でもできて、そのそばにいた私はそうでもなくて、いつも比べられていた。だから中学校、高校では一緒にいないようにして話さないようにして、そこまでしてやっと元の元気な私に戻ることができた。

違う人間なんだから、一緒にいたとしてもできることとできないことが違うのは仕方のないことなんだと、わかるまでずいぶん時間がかかったと思う。それに気付くことができてからは栞ちゃんとも昔のように話すことができるようになった。そもそも最後に関しては私のあずかり知らぬところの話だし、方言に関しては癖だし、むしろ何か文句あんのかコラ。と、そう思ってはいても、噂《うわさ》だけが独り歩きして誰も私の言葉なんて聞いてはくれなかった。

この人以外は。

〝上野《うえの》って面白いし、一緒にいるとなんか元気になるよな〟

〝しゃべり方？　別に通じてるんだから何でもよくないか？　何言ってるのかわからないんだったらそりゃあ困るけど〟

みんな司《つかさ》君がかっこいいってキャーキャー言ってるけど、私が欲しい言葉をくれたのは彼ではなかった。

「和木《わき》君！　栞ちゃんになんか相談しとったん？」

こんな状況でも私は好きな人を取られたくなくて、栞ちゃんと話していた和木君に声をかける。和木君は昨日の栞ちゃんの戦いを見てからふさぎ込むようになってしまった。また栞ちゃんだ。

「おう！　細山《ほそやま》にスキルを取得するコツを聞いてたんだ。上野は知ってたか？」

私は自分の笑顔が引き攣《つ》るのを感じた。知っているわけがない。解呪師なんて専門が限定的な職業では何を伸ばせばいいのかわからずにずっと悩んで、そのままここに来たのだから。おそらく、いない振りをしていた織田《おだ》君以外で私だけ騎士団の人や専門職の人をつけられていない。織田君もサラン団長が面倒を見ていたし、きっと書庫にも忍び込んでいたのだろう。

私はなんにも知らなかった。みんなが職業について訓練している間も私は部屋に籠っていたんだから。解呪についての専門的な書籍を探そうにも書庫への立ち入りを禁じられては何もできない。私の相談に乗ってくれたサラン団長も織田君の訓練で忙しかったし、そうでなくとも団長なんだから色々と仕事があっただろうにわざわざ会いに来てくれただけ有難かった。

そういえば、私サラン団長にお礼を言っただろうか。おそらく王女さんの呪いのせいだとは思うけど、城での記憶がところどころ曖昧だ。

「ううん、私は知らんかな。お城におったときって結構いい加減やったやん？　やからサボったりしよったんよ」

嘘《うそ》だ。だけど、咄嗟《とっさ》には他に説明がつかなかった。

サラン団長は解呪の専門の人を呼んでくれると言ってくれたが、それも忙しい合間を縫ってのことだったからすぐにではなかったし、そもそもその約束が果たされることなく死んでしまった。サラン団長が呼んでくれるまで自分から行動することもせずに部屋に籠っていたと、好きな人に言えるだろうか。言えるわけがない。

和木君が頑張っている間にサボっていた私を咎《とが》めるだろうか。戦々恐々としていた私だったが、かけられた言葉は明るいものだった。

「ってことはそんなに教えてもらってなくても佐藤《さとう》にかけられた呪いを解いたのか!? すっげえな！」

興奮したように言う和木君に私は思わず笑ってしまった。変わっていないのはこの人も同じだった。相変わらず私の欲しい言葉をくれる。だから、私は頑張れる。

「魔物接近!!　戦闘態勢に入れ!!」

ジールさんが声を上げ、みんなざっと各々の武器を取る。その姿に思わず苦笑してしまった。昼食の時間にもかかわらず、全員が己の得物をそばに置いて離さなかった。その姿が当たり前になってしまった。日本に帰ることができても、私たちは本当に元に戻れるのだろうか。

「っと、上野、津田《つだ》のとこに戻るぞ！」

「うん!!」

大きな音をたてて鍋がひっくり返った。その下にあった火が誰かに踏まれて消える。あーあ、昼ご飯がなくなってしまった。時間をかけて作ったものだったけど、それが無駄になるのは一瞬で、私はその様子を津田君の盾の後ろから見ていた。

魔物はこちらがご飯を食べていようが警戒をしてようが構わずに攻撃をしてくる。それがこの森に入ってから何度もあった。ご飯を食べ損ねるのは何回目だろう。

みんなのような魔物に通用する攻撃手段を持っていない私が言うのもなんだけど織田君くらい強い人が一人でもいれば昼を食べ損ねることも、逃げている間に日が暮れて晩ご飯の時間になってしまうこともないのかもしれない。そこまで考えて私はそっと自嘲した。現在進行形で津田君の盾の中で守られている人間が考えていいことじゃないし、もし織田君がいたとしてもすべてを織田君に押し付けて助かろうとする自分の思考にほとほと嫌気がさす。みんなが助かるために誰かを犠牲にするくらいなら、いっそ私が……。

と、不意に私の隣で震えている猿と猫を抱えながら和木君が叫んだ。

「なんだってこんな森の中にロボットがいるんだよ!?」

その声に現実に戻ってきたような感覚がする。私は今何を考えていただろうか。

私たちの大切な昼食を邪魔してきたのはこの世界に不釣り合いな、男の子がいかにも好きそうな二足歩行のロボットだった。ロボットとはいっても、動きはなめらかで自然だ。

人間が中に入っていると言われた方が納得するかもしれない。だが紛れもないロボットで、銀色の装甲が鈍い光を放っていて森の中ではさぞかし目立つだろう。というか、見るからに人工だ。

　大きさは普通の人間サイズだけど、硬すぎて攻撃が通らない上に、クジラの魔物の攻撃を避けきった運動神経がいい栞ちゃんでもかわすことができないくらいの密度の攻撃をしてくる上に、その攻撃には毒が付与されていたりする。ちなみに攻撃は近接もするし離れれば遠距離戦に移行する。まさに悪夢。このロボットを作った人は私たちになんの恨みがあったというのか。

　さらに言えば栞ちゃん曰《いわ》く、おそらく魔力で動いているから魔力が切れない限り動き続けるらしい。逆に言えば魔力を枯渇させればいいのだろうが、その前にこちらの体力が尽きて倒れてしまいそうな気がする。ちなみに栞ちゃんの『悪食』は接近できないから使えない。そもそもロボットに生命力があるのかどうかも怪しい。

「上野さん！　すまないがその場所から解毒できるか！」

　司君の叫び声にハッとして顔を上げると、遠距離攻撃を食らってしまったらしい司君の左腕がだらんと下がっていた。おそらく麻痺《まひ》系の毒だ。司君が今抜けてしまえば七瀬《ななせ》君とジールさんが倒れてしまう。

　私は慌てて頷《うなず》きつつ、先ほどまでの自分らしくない考えも何か原因があるのではと思い当たる。和木君の声で夢から覚めた感覚に若干心当たりがあった。城でかけられていた呪いに似ている気がする。精神干渉系のスキルはかけられると大体同じような感覚がするのだとどこかの冒険者ギルドで聞いたような……。そこまで考えると答えが見えてきた。だってここまで高性能なのだ。スキルの一つや二つ持っていたとしても不思議ではない。

「このロボット、精神干渉もしてきてる!!　気を付けて!!」

みんなが警戒レベルを上げたのを感じた中、自分に解呪をかけつつ手を伸ばしてできるだけ司君に近づける。幸運なことに今の自分の解毒が有効な限界範囲内に司君はいた。ぎりぎりだけど届く。他の二人は生憎《あいにく》と届かないだろう。司君の左腕が淡い光に包まれる。もっと近づければ速く解毒できるのに。

「津田君、もっと前に出られへん？　司君はぎりぎり届くんやけど、他の二人に届かんくて……津田君？」

いつもしっかりと立って自分を守ってくれている盾が揺れている。自分よりもよっぽど女の子っぽいクラスメイトの顔を見上げると、その瞳には虚《うつ》ろな光が浮かんでいた。

しまったと、私は思わず唇を噛《か》む。私がかけられていたのだから私とロボットとの間に立っている津田君にも被害がいっていると、少し考えればわかることだろうに。このままでは私が先ほどまで考えていたように津田君はみんなを守るためにその身を犠牲にしかねない。

津田君の腕を摑《つか》んで名前を呼び続けた。私だと認識していないのか、抵抗される。私は解呪師だから気づけたけど、他の職業では気づかなかったとしてもおかしくないのに、そこまで頭が回らなかった。だが、今津田君の解呪に専念してしまうと、戦闘をしている三人が攻撃を食らってしまった場合、解毒することができない。その間にもし毒が撃ち込まれてそのせいで怪我《けが》をしたら？

どうしたら……。……やっぱり私ではだめかもしれない。栞ちゃんならもっと上手《うま》くやるだろうに。

頭の中でごちゃごちゃと考えていると、ポンっと背中を叩《たた》かれた。栞ちゃんだ。

「しっかり！　今悠希ちゃんが止まったら困る！　悠希ちゃんは何をする？　私たちは何を手伝ったらいい？　ちゃんとした解呪は悠希ちゃんにしかできないんだよ」

しっかりとした意志を感じる瞳が私を射貫いて、思わず息を詰めた。一時期はこの目が嫌いで嫌いでたまらなかったけど、今はこれほど頼もしいものはない。なんだかんだと言いつつ私は一度も栞ちゃん本人を見ていなかった。私が自分と比べていたのは私が理想とする栞ちゃんで、栞ちゃん本人ではないことなんてとっくに気づいていたのに。

私は大きく息を吸って吐き出し、気合を入れるために頰を叩く。

「とりあえず和木君がこの盾持っとって。栞《しおり》ちゃんは前線の支援を。少しの間でいいから持たせて」

虚ろな瞳の津田君の腕を摑んで言う。少し乱暴だけど、こうでもしないと戦闘職業は止められない。それに、なんだかんだ言いつつ津田君も男の子だから力では敵《かな》わない。津田君が何か行動を起こす前に解呪してしまうのが最適だ。

「わかった！」

「津田を頼む！」

二人が各々することをしている間、私は津田君を解呪する。その間にも思考は回転したままだ。あのロボットは精神干渉系の魔法を厄介なことにノーアクションでかけることができるらしい。その上前線では解毒を必要とする毒が付与された攻撃が縦横無尽に乱れ飛んでいるのだから、その中で戦っている三人の状態は考えなくても分かった。ああ、忙しい。しかも、こうやって解呪している間にまた誰かが精神干渉を受けているかもしれない。本当に、キリがない。

「こんなとき、ワクチンっぽいのがあればなぁ」

何気なしにぼやいた内容に自分で驚いた。そうだ、ワクチンっぽいのを作ればいいのでは？　インフルエンザの予防接種的な。確か、少量の菌を体内に入れて免疫を作るとかそんな感じの原理だった気がする。感覚的なことだけど、幸いなことに精神干渉は私が一度食らっているし、毒の方も何種類か司《つかさ》君が食らったものを解毒したからどういうものかはわかる。そもそも毒ならまだしも魔法に対して免疫が獲得できるかと言われると首を傾《かし》げざるを得ないが、やってみるだけならタダだろうか。

でも、もし失敗してしまったら？　ただでさえ今は戦闘中なのだ。一つの綻びでみんなが死んでしまうような事態になったら？　次から次へと悪い想像が浮かんでは消える。

そんな中、大好きな声が上から降ってきた。

「上野《うえの》、なんか考えがあんのか？」

重そうに、津田君の見様見真似《みようみまね》で盾を構えた和木君は解呪に身が入っていない私にそう問いかけた。

和木君を見てふとひらめく。そういえば、さっきスキルの取得方法が何とか言っていなかっただろうか。

「和木君、スキルの取得方法教えてくれん？　あのロボットの毒だけでもどうにかできるかもしれん」

スキルという形ならばできるのでは？　運が良ければ精神干渉もどうにかできるはずだ。

「本当か!?　俺が細山に教えてもらったのはな……」

時間がないため簡潔にだが伝えられたそれに私は頷く。なるほど、普通は一朝一夕にはできないし、運が悪ければ体が木っ端微塵《こっぱみじん》だ。

「本当に試すのか？　下手したら……」

「木っ端微塵やろ？　大丈夫やと思うよ」

解呪が終わった津田君から光が消えた。津田君の瞳に光が戻ったのを確認して、立ち上がる。これでスキル取得が可能か試すことができるだろう。

私は盾を構えている和木《わき》君の隣に立った。

「栞ちゃん、ありがとう。下がっといて」

和木君が構えている盾を出ないギリギリの場所で司君たちを治癒していた栞ちゃんに声をかけて私は目を閉じる。あのとき、栞ちゃんが『悪食』を取得したとき、私はそれを見ていた。解呪師という職業柄、人間に流れている魔力の流れを感じることができる。その時魔力をどこに集中していたか、栞ちゃんが感覚でしていたことを私は見ていた。

「私これでも怒っとるんよ。近距離に遠距離対応もできる上に攻撃に毒が付与されとって？　んで精神干渉もできるし体硬すぎて司君たちの攻撃いっこも入ってないし。殺しに来てるんかと思ったらそれにしては毒も致死性のもんやないし……」

思っていたことがスラスラと口から出る。これまでの人生の中でここまで腹が立ったのは初めてだ。スキルの取得には強い心が必要だとか。怒りも立派な心だ。栞ちゃんはきっとみんなを助けたい一心でスキルを取得したのだろうが、私は栞ちゃんのような、聖女のような心は持っていない。

「なんなんホンマに。冷やかしなら帰ってくれんかな。こちとら遊びやなくて真剣なんやけど！」

あのときの栞ちゃんを思い出して、自分を解呪するような感覚で魔力を全身に回す。体があったかくなってきた。魔物を倒したときや職業のレベルが上がったときにスキルを取得したことがあるが、そのときはこんなに体温は上がらなかった。きっと自分が必要なスキルを取得するのと自然と取得するのでは勝手が違うのだろう。

少しして、魔力のめぐりが自然と落ち着く。どことは説明がつかないが、さっきまでとは決定的に違う気がした。これは無事に取得できたのではないだろうか。私はすぐさま目を開けてステータスを開いた。その中にある新しい文字に思わずガッツポーズをした。

「本当に取得できたのか!?」

驚く和木君の声を尻目にすぐさまそのスキルを発動する。スキルの名前は『免疫』。私が受けたものや解呪、解毒した攻撃に対する抵抗力を上げることで威力を低下させることができる。効果を完全に打ち消すことはできないことが少し不満だったが、精神干渉にも有効だし、ちゃんと他人に付与することはできるようなのでこれで我慢しよう。

それに、これ以上のスキルを望めば、体が木っ端微塵になるような予感がしたのだ。確かに、このスキル取得方法は危険だ。

「ん?」

この場にいる全員の体が淡く光る。盾の後ろにいるからといって絶対に安全なわけでもないから、賢明な判断だと自分でも思う。

「私が解毒したことのある毒とかの威力が落ちるスキル！　精神干渉にも有効！　でも効果が完全になくなるわけやないから気ぃつけや!!」

簡単に効果を説明すると、各々から元気がいい返事がきた。毒や精神攻撃を警戒して攻勢に出られなかったらしい。防戦一方だった今までが嘘《うそ》のように三人は攻撃に転じた。とはいえ攻撃が通るわけではないが、それでも好転はしただろう。

「ナイスだったな、上野」

「でも、まだ終わってない。毒の成分変えてきたら厄介やわ」

本当に厄介だ。あとは前線にいる三人に任せるしかない。

Side　佐藤司

全身が淡く光っている。上野さんのスキルだというこれがいつまでもつのかはわからない。それまでにあれを倒さなければみんな死ぬ。ここまで連日死線をくぐったことがないからか、それとも俺の体力が限界まで来たのか、身の一部となるまで練習し、振るったはずの剣が異様に重く感じた。魔物の攻撃を受けるたびに腕が悲鳴を上げ、体を動かすたびに足や動かした筋肉が引き攣《つ》る。色々と考えながら立ち回らないと攻撃を食らってしまうため頭も痛くなってきた。考えるまでもなく限界だ。

「あと少しだったのに……」

目的地であるセーフハウスまであと少しなのだ。だというのに、ここにきて一番の強敵が立ちふさがっている。戦闘に加わっている三人はもはや気力で動いているようなものだ。七瀬君が後衛で、遠距離魔法が効かないため俺たちに補助魔法をかけてくれていたが、そろそろ魔力切れだろう。

攻撃が通らない相手をどう倒せばいいのか、頭を働かせる。

最初に考えたのは、近接戦闘で腕や足の関節を外し、あわよくば手足をもいで戦闘不能にさせるという作戦だったが、そもそも剣を交わす以上の接近ができない上に、関節の弱点周辺には特に硬い素材が使われていた。剣が弾《はじ》かれてしまう。

二つ目に考えたのは最初のものよりもハードルを下げて、とりあえずこかせるという作戦。なんにせよその機動力を封じようと足元を全員でタイミングを合わせて攻撃をしたが、片足が上がったときに軸になる足を狙ったにもかかわらずビクともしなかった。なんなんだこの強度は。一体何を想定して作られた？　というか誰がこんな悪魔的に意地の悪いものを作った？

だめだ。思考が変な方向にずれてまとまらなくなってきた。

「あのときの力が出せれば――」

あの時、津田《つだ》君や上野さんと一緒にみんなのために食料を探しに出た森で魔物と戦闘になり、死闘を繰り広げた俺は戦闘不能となったが、津田君が持っていたポーションで復活し、『聖剣術』でそこにいた魔物を一掃した。あの力を今出すことができれば倒すことができると思う。

あの時以前も以後も、俺が聖剣術を発動できたことはない。だが、俺が今持っているのは聖剣だ。聖剣のはずなのだが、それはあの国の人たちが言っていたことであり、偽物である可能性の方が高いだろう。

そもそも聖剣とは何なのか、文献もほとんど残っていないらしい。昔人族領大和《やまと》の国にあったが、紛失したとか。そう考えると聖剣術が発動できたあの時が特別なのだと思うしかない。とすると、一撃必殺は望めないわけだ。

「ぐっ!?」

そんなことを考えているうちに、視界の隅で朝比奈《あさひな》君が倒れた。死角から迫っていた攻撃を食らってしまったらしい。朝比奈君が倒れ、戦闘を離脱したことで今までギリギリを保っていた均衡が崩れる。倒れた朝比奈君は七瀬《ななせ》君の魔法で津田君の盾の後ろに運ばれていった。

これで、戦うことができるのは俺とジールさん、そして七瀬君のみとなった。津田君はまだ意識が戻っていないらしく、盾は依然和木君が構えたままだ。和木君も力がないわけじゃないけど、経験は津田君に劣る。きっと一撃は防げてもその次は防げない。後ろに遠距離攻撃を逃がすのもダメになった。

「司！　次来るぞ!!」

七瀬君の怒鳴り声でハッと再び戦闘に意識を集中すると、ジールさんと斬り合っていたロボットがこちらに来ていた。

まずい。後ろには和木君たちがいる。攻撃をまともに受けてしまえばその余波が後ろに行くかもしれない。とはいえ、受け流すと後ろが標的に変わってしまうかもしれない。それだけは、絶対に避けなければならない。どうすれば……。とりあえず攻撃を受けるにせよいなすにせよ、剣を構えようと思った。だが、手足が動く気配はなかった。ロボットがすぐそこまで来ているというのに、限界を迎えた体が脳からの命令を無視する。そこら辺の人体構造がどうなっているのかは知らないが、ともかく動かない。地面に垂れた剣すら、ピクリとも動かなかった。俺はここまでなんだろうか。すべてがスローモーションに見えた。

俺が死んだとしても、せめてみんなは守らなければ……。

『それで、お前のことは誰が守るんだ？』

不意に晶《あきら》の声が聞こえた。こんな言葉、晶から言われた覚えがないが、この声は晶のものだろう。そういえば、呪いが発動していた迷宮での記憶が一部飛んでいたな。そのとき言われたのだろうか。

腕から垂れ下がった剣がピクリと動く。

『勇者は、みんなを守るためにいるんじゃない。お前の力は魔王を倒すために使うべきだ』

全身の感覚が戻ってくる。

「そうだ。俺の力は魔王を倒すために」

こんなところで倒れるわけにはいかない。

スキル『限界突破』――発動

無風だったはずの俺の周囲に突然突風が起こり、髪が巻き上がる。今まで動かなかったのが嘘のように体が動く。あれだけ脅威に感じたロボットの攻撃を俺は片手で持った剣で受け止めた。後ろには一切衝撃はいっていない。

「でもな、晶。俺はお前のように切り替えられないし、無情になれない。……俺は、自分も守り、みんなを守り、それでもって魔王も倒す！」

両手で剣を持ち、力をこめる。一瞬だけ拮抗《きっこう》した力は、ロボットが吹っ飛ぶことで決した。湧き上がる思いをそのままぶつけるように、ロボットが地面に衝突しないうちに追いかけ、剣をロボットに叩《たた》き込む。あれだけ攻撃が入らないと苦しめられた装甲にあっさりと俺の剣が通り、その腕をあっという間に細切れに分解した。さらに剣を振るい、足もバ

ラバラに崩す。四肢を分解されたロボットは地面に激突した衝撃でさらに下半身が吹き飛んだ。螺子《ねじ》やらボルトやら、様々な部品があたりに飛び散る。

「っはぁ、はぁ」

そして俺も地面に倒れこんだ。喉の奥が悲鳴を上げている。どうやら『限界突破』中は息をしていなかったらしい。

ロボットが完全に停止しているのかも確かめずに細山《ほそやま》さんが駆け寄ってきた。もし完全に倒しきれていなかったらどうするんだ。危ないな。酸素が足りずに意識が朦朧《もうろう》とした中で考える。

「佐藤《さとう》君！　しっかりして!!」

細山さんの『治癒』と、上野《うえの》さんの『解毒』によって視界が光に包まれた。どうやらいつの間にか上野さんのスキルが切れていたらしい。なるほど、体が動かないと思ったら、疲れももちろん原因の一つではあるが麻痺《まひ》毒が体中に回っていたようだ。

「無茶しすぎよ!!」

「ホンマやわ！　心臓止まるかと思った！」

魔物を倒したにもかかわらず女子二人からの叱責に思わず苦笑が漏れる。こうした時間が嫌いではなかった。

と、緩んだ空気に鞭《むち》を打つようにジールさんが声を上げた。

「警戒!!　まだ終わりじゃない!!」

ガバッと起き上がると、倒したはずのロボットと散らばった部品が小刻みに震え、動いていた。

「まさか、まだ動くのか!?」

愕然《がくぜん》としながらも、地面に落ちていた剣を拾って近くにいた女子二人を後ろに庇《かば》いながらじりじりと後退する。小刻みに動いていたロボットが地面から浮き上がり、部品がその周りを浮遊する。

俺は喉の奥でうめき声をあげた。

「これは、自己再生か？」

俺の呟《つぶや》きを肯定するように部品がそれぞれあった場所へ、剣に斬られたものも自分たちでくっつきながら元の状態に戻る。まるで逆再生の動画を見ているような感じだった。再びロボットが万全の状態で俺たちに刃を向ける。

「……こんなの、どうやって倒せばいいの？」

俺の背で細山さんが震えた声を上げた。それと同時に俺の手から剣が抜け落ちて地面に転がる。本当の限界がやってきた。剣を取る力もなく、下手に動けば後ろの二人ごと真っ二つだろう。俺はロボットを睨《にら》みつけた。

その時、木々の間から声が響いた。

「ほう。ここまで〝ウサ子十一号〟を消耗させたのは森の主以来だな。とても興味深い」

この状況に不釣り合いな幼い声に視線を彷徨《さまよ》わせる。おそらく十歳くらいの少女の声であるにもかかわらずその口調は尊大だ。

「なんだ、もう戦えんのか。しかし、その状態で女を守ろうとするとはお前、我が愚息よりもよほど男らしいではないか。……温情をくれてやっても構わんぞ」

いつの間にか目の前にまで迫っていた瞳が悪戯《いたずら》っぽく細められた。俺よりも頭二つ分は低いはずなのに、どこか人を見下したような口調のせいか俺が彼女を見上げている感覚がする。

その後ろには今まで戦っていたものとよく似たロボットが控えていた。こちらに攻撃しようと動いていたロボットも行動を停止している。どうやら助かったらしい。そこまで認識した俺は安心感からか地面に頽《くずお》れた。意識はかろうじて保っているが、体が動かない。ようやく終わった。

第三章　拠点

Side　織田晶

「お前、リアをどうするつもりなんだ？」

森に入ってからというもの、どこか不機嫌なクロウに俺はそう声をかける。クロウの足元で枝がパキリと音を立てた。

太陽の位置からして俺たちはかなりハイペースで進んでいた。このままならおそらく勇者たちと同じくらいに合流地点に到着するだろう。

ざっと今まで出てきた魔物のステータスを見る限り、ジールさんが一緒の勇者たちが瞬殺されることはないだろうが、それでも一人二人欠けていてもおかしくはない。それほどこの森は危険な場所だった。人気がないのも、野生の動物の生活痕がないのも当たり前だ。勇者と別行動を選択したのは間違いだったかもしれない。

「それは、お前に関係あるか？」

クロウの鋭い視線に思わず息を呑《の》む。俺のそんな様子には反応せず、クロウはそのまま前に進んでしまった。森に入る前のクロウなら俺を鼻で笑うか、それとも何か嫌みを言うか、なんにせよ反応は返してくれたのだが、今はそんな余裕すらないらしい。あれだけ不機嫌なクロウは初めて見た。

「アキラ、クロウが変？」

クロウの殺気に歩みを止めた俺に並んでアメリアが顔を覗《のぞ》き込んできた。どこか心配そうなその頭を撫《な》でる。

「そうだな。でもまあ、首を突っ込みすぎるのも悪手だろ。今は様子を見ようと思うがアメリアはどうする？」

アメリアは少し悩んだあと、素早く決断した。何に対してもだが、アメリアが悩むことはあまりない。食べ物を決めるときは少しばかり長く悩むが、それも少しの時間だけだ。王女というものは決断力も必要なのだろうか。

「私も見守ることにする。リアとアマリリスにも言っておかないと。今のクロウはさわるな危険」

クロウを表す言葉が言い得て妙で思わず笑ってしまった。

「お二人さん、はよ行かんと置いて行かれるよ！」

先ほど休憩したばかりで元気なアマリリスが木々の隙間から声を上げる。

そのイントネーションは勇者と一緒にいるであろう関西弁の女子を思い出させた。はじめは〝エルフ族王女〟と〝獣人族元王女〟に〝先代勇者メンバー〟、〝勇者召喚者〟というそうそうたる肩書にびくびくとして敬語だったアマリリスも慣れてきたようだ。

最初の出会いが出会いだったが、彼女自身は慣れた人には犬のように懐く性格だったらしい。地下の牢屋《ろうや》で会ったときは自分以外の命もかかっていたから緊張していたようだ。いや、慣れていない人に全力で威嚇するところは猫だろうか？

「今行く！……ともかく、リアとクロウには関わらない。それでいいよね？」

アメリアの確認に俺は頷《うなず》いた。

今のクロウはどこかトゲトゲしくて、俺でも話しかけたくない。トゲトゲしている今のクロウしか知らないアマリリスはともかく、リアやアメリアは近づかない方がいいだろう。

リアも、俺に話して少しはすっきりしたのだろうが、まだクロウ本人と話すに至っていないことからタイミングを計りかねているのが分かる。森に入る前には弾んでいたクロウとの会話もなくなってしまっていた。

ウルクを出るときは何かを決心したような様子だったが、今は迷っているようだ。というか、クロウの不機嫌さに乱されているというのが正しいだろうか。クロウもリアもこの森に入ってからとても精神が不安定で、俺とアメリアは混乱しっぱなしだった。

「ああ、それでいい」

少なくとも、クロウの不機嫌の理由が分かるまでこのままでいるしかないだろう。今のクロウの様子はどこか寝起きの俺の妹を思い出させた。機嫌が悪く、他人のやることなすことすべてが癇《かん》に障る。そんな感じだ。

それから俺たちはほぼ無言のままかなり歩いた。出てくる魔物のステータスが軒並み迷宮最下層レベルであるのを確認して俺は乾いた笑みを浮かべる。もしかすると、勇者たちは一人や二人ではなく全滅しているかもしれない。どうにか生きていてほしいと思うが、現実はそう甘くないのを俺は知っている。この世界が俺に甘いのならば、サラン団長は生きていたのだろうから。俺の想定の甘さがまた人を殺す。

「魔物が来ました!!」

俺よりも索敵スキルのレベルが高いアマリリスの声が響く。俺とアメリアはそれに応えて片手をあげた。

勇者たちが危ないだろうとはいえ、俺たちにとってはハッキリ言って雑魚である。アメリアの重力魔法に、俺の影魔法、そして先代勇者パーティーにも選ばれたクロウと獣人族王女リア。戦力としては過剰と言ってもいいほどだった。とはいえ、警戒しないことはない。

「なんだこいつ。ロボットか?」

警戒をする中、現れた魔物にただ瞳を瞬かせる。森の中にあることが不自然な鈍い銀色の装甲を持った、まごうことなきロボットがこちらに攻撃の照準を合わせていた。

人間のように滑らかに動いてはいるが、その中に人間が入っているわけではないとすぐに分かった。関節部分などには硬そうな装甲が付いているが、人間の急所である心臓部や中心線あたりには逆に付いていない。つまり、守らなければいけないのは行動に支障をきたしてしまう部分のみ。中に生物が入っていればそうはしないだろう。というか、見るからにこの森で生まれたわけではない人工物なのだが、誰が何のために作ったのだろうか。『世界眼』で視《み》ると、ロボットにステータスがついていることから相当な人物が作ったことはわかる。普通は物には名前などが表示されてもステータスまで出ることはないのだが。

遠距離、近距離の両方に対応できる上に攻撃すべてに麻痺毒が付与され、戦っているうちに精神干渉もしてきて、さらに自己修復機能も搭載されていた。俺なら自己修復が不可能になるまで壊し続けることができるだろうし、アメリアは『重力魔法』で地面に縛り付けておけば問題はないだろうが、勇者たちがもしこいつと遭遇していたら最悪だ。総じて言えば、このロボットはネーミングセンスを除けば作りは悪くない。そこら辺の魔物くらいならば楽に撃退することができるだろう。

俺たちがロボットに呆然《ぼうぜん》として動きを止めてしまっている間、クロウは興味ないとばかりに先に進もうとしていた。

「クロウ様!?」

この森に入って初めてリアからクロウに声をかけた瞬間だった。だがクロウはその声には反応せず、苛立《いらだ》ちをぶつけるようにロボットが攻撃を開始する前にその頭部を摑《つか》み、ぐしゃりと握りつぶした。

怒りに任せたその様子に、結界を張ろうとしたリアは動きを止める。

「いるんだろう、クソババア！　出てこい!!」

珍しく声を荒らげて叫ぶクロウを後目《しりめ》に、その手の中のロボットがスキルで修復される。

クロウが素早い動きで空中に描いた何かをロボットに押し付けると、ロボットの動きが完全に沈黙した。アメリアがそれを見てどこか場違いな感嘆の声を上げる。アメリアがクロウに『相殺』のスキルを教えてもらっているのは見ていたから少しばかり知識はあるが、ああも心を乱した状態で正確に行使できるような易しいスキルではないはずだが。

「おやおや、我が愚息じゃないか。何十年ぶりの親子の再会だな」

人を食ったような飄々《ひょうひょう》とした声が木々の隙間から聞こえてきた。俺の予想が正しければその声はクロウの母親のものだろうが、予想よりも若々しい。というか、幼いという表現が合っているような声音だった。

クロウが森に入ってから苛立っていたのは母親の気配を感じたからだろうか。母親に会わないためにわざわざ合流地点をずらしたくらいだし。にしては察知するのが早くないだろうか。

「お前を親だと思ったことはない。そんなことよりもリアにかけた幻惑魔法を解け」

え？　と反応したのはリア本人だった。何を言うのかと俺とアメリア、アマリリスも首を傾《かし》げる。リアは幻惑をかけられていたのだろうか。にしては少しおかしかったもののリアの態度はおおむねいつもどうりだった。

「おや、気付いたのか。その小娘にかけたのは他とは違う特別製だったんだがね」

その言葉と共にクロウが睨《にら》んでいた木の後ろから一人の少女が出てきた。髪と瞳の配色はクロウと同じだったが、その容姿は驚くほど似ていない。それに、彼女の姿には獣人族としてあるはずの動物の特徴がなかった。

「人族？」

『世界眼』でステータスを視たアメリアが呆然と呟《つぶや》く。少女は面白そうにツインテールにした髪を揺らす。

「正解だとも、エルフ族の王女。だが、その礼儀のなってないやり方は私のように寛大な心を持っていなければさぞ不快だろうね」

笑みを浮かべながら遠回しにアメリアを非難するその言い方は、完全にその外見年齢と合っていなかった。アメリアが意味に気付き、謝罪する前にクロウがイライラしたように摑んでいたロボットを少女に向かって投げる。

「とっとと幻惑魔法を解いて消えろ、クソババアが」

少女に直撃するかに思えたそのロボットを危なげなくキャッチしたのは少女の後ろから出てきたまた別のロボットだった。よく見ると攻撃をしてきたロボットとそのロボットは

似ている。どうやらどちらも彼女が作ったものらしい。

「ふむ、いいだろう。私の傑作である〝ウサ子十一号〟を破壊したご褒美だ」

パチンと少女が指を鳴らすと、糸が切れたようにリアが地面に倒れこんだ。

「リア!?」

近くにいたアメリアがリアを抱き起こした。

「特に異常なし。意識失っちょるだけやね」

アマリリスが素早く診断する。安心してホッと息をつき、少女がいたあたりを見るが、そこには誰もいなかった。クロウに言われた通り消えたようだ。

だが、このままで終わらないと思ったのは俺だけではないらしい。その証拠に、クロウの眉間に深い皺《しわ》が刻まれていた。

頭上の緑は風でそよそよと揺れ、危険な魔物が闊歩《かっぽ》している森の中とは思えないほど穏やかな時間が流れている。とはいえ、穏やかなのは自然だけのことであり、人間はそうはいかない。

「クロウ、そうイライラしているとこっちにまで被害が来るからやめてくれないか」

母親と遭遇してからというもの、あたりかまわず当たり散らすクロウに俺は思わずそう言ってしまった。ギンっと鋭い目つきで睨まれてから、しまったと己の失言に気付く。静観していると決めたのは誰だったのか。覆水盆に返らず、出してしまった言葉をなかったことにはできない。俺は腹をくくってそれに、とさらに言葉を重ねた。

野営を準備している女性三人も手を止めてこちらの様子をうかがっている。一応大丈夫だと手を振っておいたが、剣呑《けんのん》な雰囲気が気になってしまうらしい。

「さっきの戦闘もひどいものだった。一体どうした？」

何が原因かはわかりきっているが、それでも聞かずにいられなかった。あのクロウが、魔物との戦闘中に背後を襲われ、アメリアに庇《かば》われ叱咤《しった》されるという事態になったのだ。今している火起こしも、始めてしばらく経《た》ったが一向に火が付く様子はない。クロウの周りには内蔵していた魔力がなくなった小さな魔石が無数に転がっていた。

魔物であってもそれは一つの命を奪って得たものだ。小さな魔石が無意味になくなっていくのは勿体《もったい》ない。言うなら、今のクロウは周りに迷惑をかけているだけのポンコツである。いつもは飄々としているクロウも、ある特定の人間の前ではポンコツになってしまうらしい。なんというか、今の状況からすると厄介ではあるが、クロウの人間らしいところが見えて少しだけ安心した。

クロウの怒りの炎にガソリンを注ぐような言葉だったが、長年生きた年の功か、無意味に怒鳴り声を上げることはなく、怒りはすぐに鎮火してばつが悪そうな顔でそっぽを向いてしまった。

「……」

居心地が悪そうに口をへの字に曲げる姿は実に新鮮だ。

母親に会ってからのクロウの反応は小学生くらいの子供のように見える。表情よりもわかりやすい、先ほどまで地面にビッタンビッタンと叩《たた》きつけられていた尻尾は今は叱られているときの犬のようにシュンと垂れ下がっている。

「……あの女は、妹のことを何も聞かなかった」

ぽつりとクロウが呟くようにして言う。垂れ下がった尻尾が横に揺れた。今度は少し寂し気に見える。クロウは持ち前のポーカーフェイスをどこかに忘れてきてしまったらしい。

「妹を連れて家を飛び出してからババアに会ったのは先日が初めてだった。あいつが妹の死を知らないはずがない。だというのに、何の言葉もなかった」

だからイライラしていたという。俺は自分にはあまりなじみのない感情に首を傾げた。

俺の家庭とクロウの家庭は母子家庭で妹がいるという点では似ているようだが、家族関係という点では似ていないらしい。

「クロウは、母親にどんな言葉を期待していたんだ？　みすみす死なせてしまったことを叱ってほしかった？」

なんだか自分より年下を相手しているような気分だ。俺の質問にクロウは反射的に首を横に振る。そして、何かに気付いたようにはっと息を呑《の》んだ。

「いや違う、俺は……」

それっきり、クロウは黙りこくってしまった。俺はため息をついて懐から新しい小さい魔石を取り出す。

「まあ、それでもいいが、約束は果たしてもらうぞ」

取り出した魔石を発火させてクロウの前に集められた乾燥した枝の束に投げる。あっという間に火が枝に燃え移った。

俺の愚痴が今回は功を奏したのか、クロウのあたりかまわずイライラをぶつける行動は鳴りを潜め、元の人を見下した感のある尊大なクロウが戻ってきた。イライラしているクロウよりも元のクロウの方が安心感があるというのはアメリア談だ。これには俺も苦笑したが、隣でうんうんと頷《うなず》いているリアも初めて見るクロウのポンコツさに戸惑っていたらしい。

唯一、一緒に旅をしているとはいえクロウと接点の少ないアマリリスが、こちらを見て首を傾げながら何やら煎じていた。休憩をするために止まるたび何かを煎じているのだが、一体何を作っているのだろうか。

クロウは相変わらずずっと何かを考えて黙ったままではあるが、元に戻ったクロウを先頭に俺たちは着々と進み、そしてついに誰かの野営のあとを見つけた。

こんな場所に来ている団体なんて、勇者メンバー以外にいないだろう。

「全員生き残ってる？」

勇者メンバーの女子と交友を深めていたアメリアが、火を焚《た》いていたであろう所を見ながら不安そうに俺に聞いてくる。俺は周辺をぐるりと見渡して、少し考えてから頷いた。

「さすがに大まかにしかわからないが、ここに何か料理がこぼれた跡がある。そっちには寝床に使っていた場所が。おそらく食事中かその前に魔物に襲われたんだろう。少なくともこぼれた料理の量と寝床の数を見る限り、襲われる前には全員そろっていただろうな。荷物も中途半端に落としているし、足跡も隠れてないから追跡は可能だ」

さすがに魔物に襲われたその後はわからないが。

逃げる最中に武器など必要なもの以外は捨てていったらしい。のちのち必要になるかもしれないので拾っておいてやることにした。勇者、京介《きょうすけ》、ジールさん、細山《ほそやま》、上野《うえの》、和木《わき》、津田《つだ》、七瀬《ななせ》。うん、そろっている。

「……にしても、これだけの食料をよく見つけることができたな」

こぼれていた料理を見て俺は呟く。魔物の肉は襲ってくる魔物からだとは思うが、他にも人間に害のない薬草などを選別するようなスキルを誰か持っていただろうか。ジールさんもサバイバル能力はあまりなかったと思うのだが。

「人間に害のあるものが一切入ってないけぇ、『鑑定』か『毒見』っぽいスキルを誰かが取得しよったんやね。毒素がある薬草はこっちに集まっとる」

俺と同じように地面にしみ込んだ料理を見てアマリリスがぽつりと呟き、雑草が山になっている場所を指さした。俺が前に視《み》た限り、勇者メンバーは誰もその類のスキルを所持していなかったと記憶している。誰かが新たにスキルを取得したと考えるべきだろうな。

「早く合流したいですね」

戦闘があったと思《おも》わしきえぐれた地面をみてリアがしんみりと呟く。俺はそのセリフで自分の心情に気付き、息を呑んだ。

心の底から、俺もそう思った。俺はどうやら自分で思っていたよりも勇者メンバーのことを心配していたらしい。これまで覚える気もなかった他人の名前をしっかりと覚えていたくらいに。

「魔族領に近づくにつれてどんどん魔物の力は強くなる。希望を抱いてもいいが、期待はするな」

冷たい声で言ったクロウの言葉がやけに頭に響いた。

「見えたぞ、あそこだ」

クロウが唐突に立ち止まり、少し先を指さす。遠くに見える木々の間には何十年も前に放棄されたにしては清潔感のある三階建ての立派な建物が建っていた。森の木々に紛れるようにその外壁は緑に塗られているが、所々に白が使われていたりしてどこかセンスのある外装となっている。クロウに言われなければ見逃していたかもしれないほどの見事な造形だ。もっと古臭くて今にも崩れそうな建物を想像していたが、いい意味で裏切られた気がした。

「……クロウ様、どうかなされましたか？」

建物を指さしたままその場から動かないクロウを見てリアは心配そうにクロウの顔を覗《のぞ》き込んだ。眉根を寄せたクロウの目線の先はセーフハウスの建物ではなく、その周辺だった。険しい顔をして、木々の隙間や地面を睨みつけている。

敵襲かと周囲の気配を探ったが、近くに魔物の気配はない。魔物ではないとしたらなぜクロウはこんなにも顔をしかめているのだろうか。思い起こされるのはつい最近出会ったクロウの母親だが、彼女はセーフハウスに住んでいるわけではなかったはずだ。

ああ、でも、嫌な予感がする。

「おい、クロウ？」

俺が目の前で手を振ると、その手はがしりと強い力で捕まれた。一応意識はあったらしい。この森の中には厄介な魔物がうじゃうじゃといるのだ。紛らわしい反応はしないでほしいものだ。

「……何でもない。行くぞ」

声音からして一切何でもない感じではないし、何でもないと言うのなら何でもないという顔をしてほしい。本当にこいつは言葉が足りないな。イライラクロウの再来だ。

「どうするの、アキラ」

明らかに様子のおかしいクロウを見てアメリアが俺にささやいてくる。俺は肩をすくめた。

「どうしようもない。俺の言葉を素直に聞いてくれるわけでもないしな」

そう言って、すたすたと何の警戒もなしに歩くクロウに続く。そもそも、人の言葉を素直に聞いてくれるような男だったのなら、ここまで家族やリアと拗《こじ》れなかっただろう。本当に、性格で人生の半分は損しているようなやつだ。


「……到着、なんかね？」

アマリリスが呆然《ぼうぜん》とした表情で呟《つぶや》いた。先ほどはそれなりに距離があったが近くにいる今はその外観全体を見ることができる。やはり時間の経過には敵《かな》わないのか、遠目ではわからなかった朽ちた外壁には蔦《つた》が絡まっていてどこか幽霊屋敷という表現が合う気がする。

「晶《あきら》!?　無事だったか！」

名前を呼ばれて顔を上げると、二階の窓のような部分から勇者が顔を出していた。心から安心したような、ほっとしたような表情に俺は素直に手を上げる。

「おお。お前らも欠けてないか？」

「いや、それは大丈夫なんだが……」

勇者が不自然に口ごもった。心臓がドキリと跳ねる。

「とりあえずそちらに行く！……見た方が早いと思うし」

ぼそりと呟かれたその言葉を俺の耳は正確にとらえていた。どういうことだ？

「お！　到着したんだな、お疲れ」

入り口の大きな扉が開き、勇者かと思えば七瀬が出てきた。俺たちの姿を確認した後、げっそりとした顔を綻ばせる。

「おお。お前もお疲れ。……どうかしたのか？」

死線をくぐってきたその顔は最後に見た時から明らかに変わっている。が、それよりも、今にも死にそうな顔でげっそりとしていた。空腹というよりも、疲労だろうか。

「……いやまあ、見た方が早いと思う」

勇者と同じことを言って七瀬はよろよろと建物の後ろに向かう。建物から出てきた勇者と俺たちは七瀬に続いた。

「ほらほらどうした！　お前たちはそんなものか！」

「ぐっ!!　がぁ!?」

ドゴォッと音がして、地面がえぐれる。続いて人間の体が宙を舞った。

この場にそぐわない、甲高い声に俺は心当たりがある。というか、その声の持ち主によってクロウがポンコツになったばかりだ。忘れられるわけがない。

「なんでここにいやがる……」

喉の奥から発せられたような低い声も聞こえていないのか、彼女は素手で、武器を持った京介の意識を一瞬で刈り取ったあと、ようやく気付いたかのように俺たちに向き直った。

「おお、遅かったな愚息よ。今代の勇者たちの稽古をつけておいてやったぞ。謝礼はこの建物でかまわん」

今にも殺しにかかりそうなクロウの様子に気付いていないのか、クロウ母はそう言って怪しげに微笑《ほほえ》んだ。自由すぎるし、クロウの質問にはまったく答えていない。

そして今度は俺たちに顔を向ける。

「おっと、そちらにはまだ自己紹介というやつをしていなかったな。私の名はノア。そこのクロウの母だ。以後よろしく頼む」

動きにくいゴスロリの服を身にまとい、クロウと同じ色の髪をツインテールにした少女は母親というよりは妹だが、リアに幻惑魔法をかけていたという、森の中にいた少女だった。

呆然とする俺たちの目の前で意識を失った京介を七瀬と勇者が抱えて建物の中に運んでいく。どう見ても手慣れた作業に、この様子がかなりの回数繰り返されていたことが分かる。それによってくたびれた七瀬と勇者の様子、そしてどこか安堵《あんど》したような表情と顔を曇らせた理由が理解できた。

「さあ、挨拶はここまでだ。この先、魔族領に行きたいのならば私を倒してからにしてもらおうか」

どこかの悪役のようなセリフを言い、少女――もといノアはニヤリと笑う。地獄の始まりである。

Ｓｉｄｅ　佐藤司

晶たちが俺たちの野営の痕跡を発見するさらに前まで時間は遡る。

知らない部屋で目を覚ました俺は静かに混乱していた。魔物の襲来により昼飯を食べることができず、さらにその魔物は魔物ではなくて人工のロボットだった。死力を尽くして戦い、新しいスキル『限界突破』を使って辛くも勝利したが、ロボットは自己修復機能が搭載されており、あわや絶体絶命のピンチとなったところでそのロボットの製作者らしき少女が現われた。

……というところまでは覚えているのだが、そこからの記憶がない。空腹と戦闘の損傷によって倒れてしまったのだろうが、ここは一体どこだろう。

清潔感のある部屋の内装は白色に塗られており、俺が寝ているベッドのほかに机と椅子があるだけのシンプルな部屋だ。まったく人が生活をしているという痕跡がない。どこかの客間だろうか。ここしばらくは野営だったため、壁に囲まれた部屋の中で、さらにベッドで寝るのを久しぶりに感じる。森の中にこのような部屋がある建物というと、俺たちは合流地点であるセーフハウスに到着したのだろうか。

蓄積した疲労のためか、はたまた壁に囲まれた場所という安心感のためか、それだけ確認をした後、俺の意識はすとんと落ちた。


「……い、……きんか！……おい！　起きろ!!」

次に目が覚めたのは、あちらの世界と変わらない太陽が沈みかけて優しい色をしているような時間。部屋の中に響く大きな声に叩《たた》き起こされた。

「ふん、ようやくお目覚めか」

少女のような声だが、その尊大な口調はどこかの真っ黒な猫の従魔を思い出させる。お目覚めかとか言いながら起こしたのは声からして彼女だ。

「……あなたは？　というかここはどこですか？」

先ほどまで寝ぼけていた頭も、知らない部屋に知らない人という危険な状況に働き始める。ベッドのそばに立てかけてあった自分の剣を握る俺の姿に、ゴスロリ服を着た少女は目を細めた。

「なんだ、私を忘れたか？　せっかく助けてやったのに。そもそも、〝ウサ子十一号〟が迎撃したのは、お前たちが張られた罠《わな》に気付かずに警戒線を突破したからだぞ」

よくそれで勇者が務まるなという言葉が続けられる。俺は口を開けて固まってしまった。なんというか、自由すぎる。今まで自分の周りにいなかった人種だ。

俺の質問には一切答えられていないのだが、少女のことは思い出すことができた。意識を失う間際に見たロボットの製作者らしき少女は目の前の彼女なのだろう。あれだけ俺たちを翻弄したというのに、名前が残念すぎるロボットの方が印象が強かったのだ。しかもあの時はすでに意識が朦朧《もうろう》としていたためしっかりと少女の顔を見ていなかった。ただ、整った顔立ちをしている少女のその髪と瞳の色を、俺は最近どこかで見たような気がした。

少なくとも敵ではないと判断した俺は肩の力を抜く。安心したからか、部屋の中に緊張感のない腹の音が響いた。顔に徐々に熱が上がっていくのを感じる。顔を赤くする俺を見て少女はため息をついた。

「なんともまあ、自己主張の激しい体だな。……まぁいいだろう。私がわざわざここに来てやったのは食事をお前に食わせるためだしな」

呆《あき》れたようなその上から目線の物言いに一瞬反論しようと口を開いたが、嫌な予感がしてそのまま口を閉じる。なぜかは分からないが、この少女に逆らってはいけない気がした。

少女に連れられて部屋を出る。建物内は少々朽ちている場所もあるが、清潔さは保たれていた。

「他のみんなはどこに？」

　姿が見えない仲間たちに不安を覚えて声を上げる。下の階に気配はあるものの、それが仲間たちのものであるかはわからない。少女はふんと鼻を鳴らす。

「二日も寝ていたのはお前だけだ。馬鹿者。他は下で食事の準備をしている。お前も明日からはそれに加わるように」

　なぜか下される命令を、どうして聞かなければならないのかはわからないが、先ほどの予感を頼りに口答えはせずに頷《うなず》いておいた。というか、俺は二日も寝ていたのか。腹も空《す》くわけだ。

「お！　起きたんだな、佐藤《さとう》！」

「司《つかさ》君おはよー！」

「遅かったな」

　少女に連れられた俺を見た和木《わき》君、上野《うえの》さん、朝比奈《あさひな》君が食事の準備をしていた手を止めて顔を明るくさせた。

「司君？」

「あ、おはようございます」

「はよー！」

「おはよう。体は大丈夫か？」

続いて隣の部屋から細山《ほそやま》さん、津田《つだ》君、七瀬《ななせ》君、ジールさんが顔を出した。俺以外は全員無事らしい。

「喜ぶのはそこまでにして、早く支度をしろ！」

少女の一喝で全員の肩が震え、蜘蛛《くも》の子を散らすように各々食事の準備を始めた。一体彼女に何をされたのだろう。というか、彼女は何者なんだ？　明らかに外見と中身が合致していない気が……。

「細山さん、何か手伝うことはないかな？」

一番近くで棚から食器を取り出していた細山さんに声をかける。細山さんはびくりと体を震わせたあと、ぶんぶんと首を横に振った。なんというか、動きがぎこちない。

「だ、大丈夫！　私の手伝いなんかよりも佐藤君は安静にしていないと。少なくともあと一日は絶対安静だからね」

治癒師の細山さんに言われてしまっては頷くしかない。確かにまだ少し体が軋《きし》むから、体に負担のないような軽いものを運ぶことにしよう。

「さて、諸君にはこれからのことを説明しておかなければなるまいな」

パンとスープにサラダという、まともだが、この場所を考えると一切まともではない夕食を食べたあと、一つ手を打って少女は言った。ツッコミどころが満載である。パンと野菜は一体どこからやってきたのか、そして彼女は誰なのか。

「……すみませんが、その前に彼らに自己紹介をされた方がよろしいのではないでしょうか」

ジールさんが挙手をしてから発言した。彼らということは、ジールさん以外は彼女が何者か知らないのだろうか。

「そうやな。ずっと何て呼べばいいんか分からんかってん」

「確かにな。俺たちがここに来たのは佐藤をロボットに連れ去られたからだし。……わけわからんうちになんか〝働かざる者食うべからず〟とか言われてここの掃除とかさせられたし」

上野さんと和木君がぼやく。なるほど、彼女の自由奔放さはすでに彼らを振り回していたらしい。というか、知らない人と一緒に俺が目覚めるまでの二日間を生活していたのはすごいな。

「そうか。そういえば自己紹介もまだだったな。私の名はノア。お前たちも知っている鍛冶師クロウの母親だ」

さらりと投下された爆弾に俺たちは固まった。

「ここにいる間はお前たちをみっちりとしごくつもりだからよろしくな」

にやりと笑ったその顔にジールさんだけが顔を青ざめさせていた。

ドンッガンッゴンッ!!

おおよそ人体から鳴るとは思えない音を響かせて、青空をバックに人の体が宙を舞った。というか、どこかのアニメーションを見ているような気分だ。とてもいい天気で、洗濯物もよく乾くだろうと、思考回路が現実逃避を始める。

「ほらほら次!!!」

拳一発で人間を飛ばしているのが、散々苦戦したあのロボットならまだ理解ができたのだ。だが、俺たちを飛ばしているのは動きにくそうなゴスロリ服を着た、年齢不詳の少女である。しかも、俺たちは刃すら潰していない普通の武器を持っているが、彼女は拳ひとつだ。

「そんなものか勇者は!!」

腹部に小さい拳がめり込み、足が地面から離れる。今なら、彼女が魔王だと言われたら信じてしまうかもしれない。遠く離れた所にあったはずの木に背中からぶつかり、本日五度目、俺の意識は闇に沈んだ。

「とりあえず自分の伸ばしたい所を探すことから始めるか。ステータスを開け」

自己紹介を終えたあと、ノアさんは突然そう言った。クロウさんのこととか、色々と気になることはあったが、すべて黙殺されてしまう。質問は受け付けないらしい。

「ステータス・オープン」

久しぶりにそう唱え、自分にしか見えないボードを見た。

ツカサ―サトウ
種族：人間　職業：勇者Lv．78
生命力：2150／3200　攻撃力：9700　防御力：8000
魔力：4685／5600
スキル：算術Lv．7　魅了Lv．8　体術Lv．7　剣技Lv．7
四属性魔法Lv．5　威圧Lv．6　咆哮《ほうこう》Lv．5　索敵Lv．4
危機察知Lv．5　剛力Lv．5　同化Lv．1　瞬脚Lv．1
硬化Lv．1
エクストラスキル：言語理解　聖剣術Lv．2　限界突破ステータスを開いて俺は固まってしまった。そういえば日々生きることに精一杯で、大和《やまと》の国を出てから一度もステータスを確認していない。最後に見た時よりも格段に各スキルのレベルが上がっている上に新しいスキルをいつの間にか習得していた。

スキルの取得に気づかなかったためにレベルも上がっていないスキルもあるし、『索敵』や『危機察知』のように取得に気づいてはいなかったがいつの間にかレベルが上がっているスキルもある。確かにある時から魔物の気配が分かるようになってはきたが、てっきり戦闘に慣れてきたからだとばかり思っていた。……それに、使っているつもりがない『魅了』が一番スキルレベルが高いとはどういうことだ。

そっと周りを見ると、他のみんなも同じように驚いていた。レベルが上がっていたのだろう。

「確認は済んだか？　では、裏へ出ろ」

親指を立ててくいっと外を指すノアさんはやはり少しばかり言葉が足りない気がする。仕草からしても体育館裏に呼び出されているようにしか見えない。これをしているのがクロウさんだったら一発通報案件なのでは……。

それに実際、説明が足りなすぎて全員の頭上に疑問符が浮かんでいるように見える。

「な、何をするんですか？」

幸いなことに、彼女を唯一知っているジールさんが声をかけてくれる。なんというか、俺たちが何を言ってもノアさんの逆鱗《げきりん》に触れそうなのだ。気のせいかもしれないが、それでも触らぬ神に祟《たた》りなしというし。クロウさんの何もしていなくても凄《すご》みのある雰囲気といい、親子そろって無駄に威圧的だ。俺たちが一体何をしたというのか。

「何って、こいつらをサンドバッグにするのさ。見たところ今回の勇者は軟弱らしいからな。〝ウサ子十一号〟の攻撃にも耐えられんなど有り得ん」

さんどばっぐ。俺が思い浮かべているものと同じとすれば、そろそろ命の危機かもしれない。視界の隅でジールさんの口が引き攣《つ》ったように見えた。

というか、この世界にもサンドバッグがあるのだろうか。たまにスキル『言語理解』の翻訳が不安になる。

とはいえ、さすがに小枝のような細い腕を持つ少女が俺たちの相手をすることは難しいだろうから、おそらく俺たちが一度は戦ったあのロボットが相手だろう。今度こそは完全に破壊してみたいものだ。と、かなり本気で思っていた。が、建物の裏の少し開けたような場所にロボットはおらず、ゴスロリ服のノアさんが武器を構えた俺たちを挑発するように人差し指をくいっと曲げた。

「え、ノアさんが相手をするんですか？」

思わず声を出してしまった俺にギンッと鋭い視線が向けられた。しまった、何かのスイッチを入れてしまっただろうか。

「ああ、もちろん私が相手さ。何か問題でも？」

妖艶に微笑《ほほえ》むその姿を見て誰が戦闘員だと思うだろうか。というか、本当戦えるのか？

「危なくないか？」

「まあ、そうでなくても多対一で多い方が武器もって少ない方が素手ってかなり卑怯《ひきょう》な気がする」

七瀬君と津田君の言葉にジールさんが何かを言おうとして口を開いた。が、少し遅かったようだ。次の瞬間には二人の体は空へと飛び、はるか後方に立っていた木に衝突する。

「……え？」

二人が立っていた場所にはいつの間にかノアさんが拳を突き上げて立っていた。呆然《ぼうぜん》とその姿を見る俺たちと天を仰ぐ仕草をするジールさんがいた。

「私が非戦闘員だとでも思っていたか？　覚えておくといい。魔族領では弱い者から死んでいく。見た目で判断をするな」

険しい顔でそう言うノアさんにさすがの俺たちも真剣に各々の武器を構える。そして、意識を失った。

あれから数日が経《た》ち、その日五度目の失神から目を覚ました俺は晶《あきら》が到着したことに心底安堵《あんど》した。それは晶たちがこの危険な森を無事に抜けたことよりも、ノアさんの相手をする人手が増えたということの方が割合的には多いかもしれない。一度もその攻撃を避けることができなかった俺たちの仇《かたき》を討ってほしいという気持ちももちろんあった。

Ｓｉｄｅ　織田晶

「本当に、どうしてこうなった？」

目の前に迫る拳を回避しようと動きつつ、ぼそりと呟《つぶや》く。本来なら今頃は、森の中を歩いてきた疲れを癒やすために休息をとっているはずだった。今頃布団のなかでぬくぬくと眠っているはずだった。だというのに、今いる場所は目的地の建物の裏側。しかも目の前には拳を振り上げてこちらに攻撃を仕掛けてくる外見ロリ……。思わず天を仰ぎ見たくなった。誰か休みをくれ。色々と急展開すぎてそろそろ限界なんだが。

俺たちが到着し、自己紹介を一方的にされた直後に降ってきたのは小さな拳だった。一見何の力も込められていないような華奢《きやしや》な拳だったが、先ほどそれが京介《きようすけ》を殴り飛ばしたところを見ている。咄嗟《とつさ》に避けることができたのはこれまでの経験の賜物《たまもの》だろう。標的に当たることなく空振った拳はそのままの勢いで地面をえぐった。ひび割れ、穴が穿《うが》たれた地面を見て俺は顔を引き攣らせる。俺も人のことを言えないだろうが、人族であるとは信じ難い怪力だ。軽く避けた俺の姿にノアは目を見開く。

「ほぉ……。どうやらそこの勇者よりもやるようだな。面白い」

好戦的に舌なめずりをするその姿を見て、背筋が凍った。ノアが纏《まと》う空気が変わる。俺はその瞬間から警報を鳴らす『危機察知』と勘に従って頭を伏せた。一瞬にして背後にまわったノアの拳が頭上を過ぎる。髪の先が切れて地面に落ちた。風を裂くような音に俺は息を呑《の》む。本気で殺しに来ている気がするのは俺だけだろうか。これをくらうと色々と終わる気がする。

「おいクソババア！　殺す気か!?」

さすがのクロウも危険だと思ったのか、慌てて止めに入ろうとした。その姿にノアは眉を上げる。

「殺す気かだと？　我が愚息は変なことを言うなぁ。もちろん殺す気だとも」

その小さな体から濃密な殺気が漂い始める。手足の末端から一気に体温が下がり、俺の意思とは別に震えだした。おそらくノアの実力はクロウや俺以上だろう。ここにいる誰も、彼女に敵《かな》わない。誰かの息を呑む音が聞こえた。

「でなければ、先代たちの二の舞だ。忘れたわけではあるまい？　あれだけもてはやされていた者たちだったにもかかわらず、この世界で一番の力を持っていたにもかかわらず魔王の目前までたどり着いたのはお前と先代勇者のみ。それも魔王の副官ごときにやられる始末」

何のための勇者だ？　何をしに魔族領に行った？　と静かに問うノアはそのまま俺に向かって拳を振り抜く。体をのけぞらせると、拳が鼻先を通り抜けていった。

「だから私はここにいる。ここまでご苦労だったな。が、私に苦戦するようではここから先に通すわけにはいかん」

決意の固いその瞳はさすが親子だ。俺にグラム殺しを依頼したときのクロウによく似ている。

「これ以上、魔族どものために若者を無駄死にさせるものか」

その言い草がどうしても気に入らなかった。会話中にも繰り出される一撃必殺の攻撃を避け続けていた俺は初めてその拳を受け止めた。ハッと肩を揺らし、クロウに向いていた意識がこちらに向けられる。

「クロウの母親だか何だか知らないが、こっちの事情を一切知らないままうだうだ言うのはやめてくれ」

俺たちにも事情がある。そのためにここまで来たのだから。

この道が正しいのかは分からない。レベルが可視化されてはいても、魔王とやらに敵うのかも分からない。マヒロに会えたとして、マヒロが作る魔法陣が元の世界に帰る鍵となるかどうかも分からない。無事に帰ることができたとして、こちらと同じ時間が流れているとは限らない。サラン団長が言っていたスペシャルスキルがどういったものなのかも分からない。

こうして改めて考えると分からないことだらけだ。手探りで道を探している今も最短の道から外れているかもしれない。だが、それでも進まなければならないのだ。

「あんたら前の世代が何を言ったって俺は、俺たちは先に進む。今の実力が足りないのなら今から成長していく。心配をどうも。だが俺たちには不要だ」

ここで足踏みをしている間に体の弱い母はどうにかなっているかもしれない。家族と二度と会えなくなるなんてことはごめんだね。

そう言って、俺は手のひらに収まる小さな拳を離した。

「みんな――！　ご飯できたよー！」

建物の中から細山《ほそやま》の声がする。京介と七瀬《ななせ》、勇者以外のメンバーの姿が見えないと思っていたが、建物の中で昼食の準備をしていたらしい。気が付けば昼時だ。そういえばお腹《なか》が空《す》いた。

「勘違いしているようだから言っておくが、俺たちは元の世界に帰る方法を探しているだけだ。魔族領に行くのはその通過点でしかない。魔族たちと戦うかもしれないし、戦わずに済むかもしれない」

できれば戦わずに済む方を選択したいが、そうもいかないだろうな。魔王の右腕だという猫が、初めて会ったときにドラゴンの姿で襲ってきたことが思い浮かんだ。素直に協力

はしてくれないだろう。

「生意気を言ってすまない。だが時間が惜しいんだ。俺も、クロウも」

その言葉の意味するところを理解して、ノアは目を見開く。ここに来るまでの戦闘を見て分かった。クロウに残された時間は、少ない。

Side　ノア

「ジール坊、あの者はなんだ?」

先代勇者のセーフハウスとして機能していたその建物に向かう、真っ黒な後ろ姿を見送り、私は隣を通り過ぎようとしていたジール坊に聞く。立ち止まったジール坊は私の隣に立った。

彼に初めて出会ったのは、愚息のせいで彼が母親を失った頃くらいだった。私と同じくらいの背丈だった少年は私の背をはるかに超え、そろそろ若々しさが薄れてきている。当初は生意気な口調だったがそれもいつの間にか矯正されていた。長い時間を生きてきた私としては、その年月は瞬《まばた》きをするくらいの一瞬であったが、こうしてみるとなにやら感慨深い。

「何、とは?」

首を傾《かし》げるジール坊に、私は顎でその後ろ姿を指す。

つい先ほどの問答で、彼の中のすさまじいまでの決意がうかがえた。十年や二十年を普通に生きただけではここまでのものにはならないだろう。若いのにずいぶんと達観した口をきくものだ。

「ああ、彼は……。その、私にもよく分からないのです。強いて言えば、あのサラン団長が彼を、彼だけを贔屓《ひいき》していたように思えます。そして事実、彼は勇者であるサトウ君を含め私たちの中で一番強い」

歯切れ悪く言うジール坊の言葉にほぉと呟き、私は人差し指で唇を撫《な》でる。私の仕草を見たジール坊の体がびくりと震えた。

確かに、私の攻撃を避け続けたその身のこなしは、先に着いていた勇者たちの誰よりも良かった。そういえば、私の拳を避けたのはこの数日では彼が初めてだったかもしれない。しかも殺気すら見せずごく自然にだ。それに、サラン・ミスレイが数ある勇者召喚者たちの中から彼だけを贔屓にしたとすると、彼にはなにかあるのかもしれないな。

「あのサラン・ミスレイが……ね」

サラン・ミスレイが贔屓していたのなら、目をかける価値があるということだろう。彼が魔族領に行くのなら、先代たちとは違った結末になるかもしれない。

真っ黒なその姿が建物の表に消える。角を曲がる一瞬、漆黒の瞳と目が合った気がした。

彼が視界から消えた後、私はジール坊に向き直る。

「……ときにジール坊、あの愚息はあとどれほどもつ？」

自分の息子の寿命について、あの小僧の言葉を聞くまでは私は欠片《かけら》も気が付かなかった。

そうだ。私の息子ならば、私に仲間が殺されかけていればなりふり構わず戦闘に飛び込んできていただろう。たとえ実力的に信頼している人間だったとしても、目の前で傷つくかもしれない可能性があれば身を挺《てい》して庇《かば》う。それが私の息子だった。だが、先ほどは声こそ上げれど私たちの中に入ってくることはなかった。いや、入ってこなかったわけではなく、入ることができなかったのだ。老化によって体がついてこなかったのだろう。

まったく、実の息子の異変にも気づくことができなくなったとは、不老不死であるにもかかわらず老いた気がするな。

「……私の感覚でですが、何もせずに療養していれば一年は。ただこのまま戦い続けるとなると……」

ジール坊はまるで泣きそうな顔で押し黙った。

「……そうか」

ああ、私は今どういう顔をしているのだろうか。娘は早くに死に、自分と同じ不老不死だと思っていた息子が老化で寿命が近いという。長く生きていると親しい人間のほとんどが故人になるがそれでも慣れることはない。

「私はまた置いていかれるのか……」

小さく呟《つぶや》いた声が聞こえていたのか、ジール坊が居心地の悪そうに身動《みじろ》ぎした。

「いつもすまないな」

「い、いえ。……ですが、後悔しないうちにしっかりお話された方が良いと思います」

ああ、そうだ。今のうちに話さなければならないことがたくさんある。先代勇者パーティーの生き残りである息子がいつの日か再びセーフハウスを訪れることは分かっていた。そのためにわざわざ拠点をこちらに移したのだから。まさかその期限が有限だとは思わなかったが。

「ああ。そうだな」

ただ、あの子は私の話を聞いてくれるだろうか。昔は〝ママ、ママ〟と私の後ろをついて歩いていたというのに、今ではあの有様だ。寿命が近いなら反抗期も終わっているはずなんだが。


「……私に何か用かな」

あの後ほぼ全員が無言だった食事を済ませ、結局息子と話す機会を得られることはなく、私は一人になれる場所を探して建物の裏に向かった。ここ数日で人口密度が増えたこの建物は私に静寂を渇望させる。勇者たちは悪夢でも見るこの場所には近づくことがないので、一人で考え事をするには最適だと思っていたのだが、残念ながら今日は先客がいた。

息子たちが入った森の出入り口とは別の場所に仕掛けておいた勇者たちへの〝仲間割れをさせる〟結界型幻惑魔法。それよりも強力な私の幻惑魔法によって、〝最も信頼している人に対する不安を増幅させる〟暗示をかけられていた娘だ。

見ていた限り、この娘が最も信頼しているのは我が息子なのだろう。明らかに息子にだけ挙動が不審だった。あの態度では女受けしないと思っていたのだが、きっとまぁこの娘の見る目は確かなのだろう。残念ながら私よりも魔力量が多いエルフの王女と真っ黒な彼、そしてその近くにいた製薬師の女は仲間になってから日が浅いのか、うまく魔法がかからず、我が息子には一瞬で相殺されてしまった。どういった反応を見せるのか少し興味があったのだが。

建物裏に来た私を見たその娘は、私がここに来ることを分かっていたかのような顔をしていた。私が知っている息子の知り合いはジール坊くらいだ。森で顔を見るまでこの娘のことを私は知らなかった。

「お初にお目にかかります。私は元ウルク国王女、名をリアと申します」

しっかりとしたコバルトブルーの瞳で私を見据える娘がした最敬礼は、確かに王家独特のものだった。我が息子のように本来の寿命以上に生きているわけではない。だというのに、息子よりも精神が安定しているような印象を受けた。元とはいえ王女だったからだろうか？

　いや、そんなことよりも、私はその名に眉根を寄せた。そういえば確か初めてこの娘を見たあのとき愚息もそのような名前で彼女を呼んでいたかもしれない。あのときは気に留めなかったが、その名に今は何かを感じた。

「……リア、というのか？」

「はい、この名はクロウ様に名付けていただきました」

　その答えに私は目を見開く。それはあまりにもありふれた名前だが、私たち家族の中では大切な名だった。

　まさかと私は呟く。

「あの子が、その名を付けたのか？」

「は、はい。それが何か？」

　確かめるように言った私に、戸惑うように首を傾げたリアに私は首を振った。この反応を見る限り、彼女は私たち家族にとっての、その名がもつ意味を知らないのだろう。私が知っている息子ならば、たとえどんな栄誉や金を積まれたとしてもその名を思い出させるような〝リア〟という名を付けるとは思えない。この子に何かあるというのだろうか。

　とはいえ、私がその名の意味を、あの子が彼女に教えていないことを話してしまうと、ますます反抗期が進んでしまう気がした。ただでさえおちょくらないと満足に会話もできないのだから、今彼女に話すのは得策ではないだろう。

「いや、何でもない。あの愚息が名付けたとは思えない良い名だ」

「はい。私もこの名が好きです」

素直にそう思っているだろうその言葉に、私は思わず素で微笑《ほほえ》んだ。あの子も、そう思っていてくれたのだろうか。

「……話を戻そうか。先ほどから私と話したそうな顔をしていたが、私に何か用でもあるのかな?」

あの子が〝リア〟と名付けたのなら、いわば私の孫のようなものだ。先ほどよりも対応が柔らかくなってしまうのは仕方がない。今ならば、普段答えないようなことも言ってしまいそうな気がする。

「はい。色々と聞きたいこともたくさんありますが、私がお話し、ノア様からお聞きしたいのはクロウ様のことです」

まあ、そうだろうなと私は頷《うなず》く。今日一日の言動を見ているだけでも、この子が我が息子至上主義であるのはうかがえた。息子の行動を逐一観察し、その動きを先回りして色々と用意をし、食事に至っては息子の分を率先して取り分けるくらいだ。真っ黒小僧たちは慣れてしまったのか、こういうものだと割り切ってしまったのか、いつものことだと反応は皆無だったが、初めてそれを見た私には当然、異様なことに思えた。しかも息子に至ってはそれが当然であるかのように享受している。着々と、外堀が埋められつつあると感じたのは気のせいだろうか。

「失礼かとは思いますが、ノア様はクロウ様の妹様、自らの娘様のことをどう思っているのでしょうか？　このまま記憶の風化に伴って忘れてしまえばいいと思っているのですか？」

「まさか、そんなはずはない」

私は思わず即答する。彼女の疑問は、私が私である限り絶対に失われない感情についてだ。

「君はまだ子を産んだことがないから分からない感情だと思うが、自らの腹から生まれた子というのは殺人者でも、世界征服を企《たくら》んでいる者でも愛《いと》おしいものさ。たとえ親である私よりも先に死んでしまった親不孝者だとしても、それは変わらない。あの子は、私の愛おしい娘だ」

そう断言した私に、リアは微笑む。

「では、クロウ様はどうですか？　もし娘様の立場とクロウ様の立場が逆ならば、クロウ様のことを忘れてしまうのでしょうか？」

「絶対に有り得ないな」

気が付くと、私はそう答えていた。たとえ、素直に答えたくないというひねくれた気持ちを抱えていても、これにだけは素直でいなければならない。いや、これについては、母親として素直でいるのは本能的なことなのである。

「私は今もあの子たちを、息子と娘を愛しているとも。息子だろうと、娘だろうと私とあの人の愛おしい子供だ」

どんなに憎まれ口を叩《たた》こうとも、私の心は変わらない。子供を、息子と娘を愛している、ただそれだけだ。そもそも、あの人がいなくなり、娘が死んだこの世界の残りの憂いなど、息子がちゃんと天寿を全うすること以外にない。

私の答えを聞いたリアはやれやれと息をついた。

「部外者の私が言うのもなんだと思うのですが、貴女《あなた》たち親子には圧倒的にコミュニケーションが足りていません。ノア様に出会ってからこの場所に来るまでに、クロウ様は一度ポンコツになりました」

愚痴のように吐き出されたのは私に会った後、愚息がいかにポンコツだったかということだ。どうやらリアはストレスが溜《た》まっていたらしかった。

彼女が吐露したのは、曰《いわ》く、背後から来る魔物に気づかず、弟子に庇ってもらったということ。曰く、一時間を超えても生活魔法の魔石を使った『火起こし』すらできなかったということ。そこまで聞くに堪えず、私は彼女の語りを途中で止める。まさか私に出会っただけでこうも使い物にならなくなるとは思わなかった。というか、この期に及んで弟子を作ったのか。

「クロウ様はこう仰《おつしや》っていましたよ。〝妹と共に家を飛び出してから初めて出会ったのに、あいつは妹のことを何も言わなかった〟と。ジール様とお知り合いであることから推測するに、ノア様はクロウ様のことをきちんと気にかけておられたのではありませんか？」

確かに、拙い推理ではあるがリアの言葉は的を射ていた。

だが、私はいつもタイミングが悪い。娘に注視していれば息子が魔王城で死にかけ、そんな自由奔放な息子に注視していれば娘が死んだ。

「死ぬことがない私はいつも暇だった。娯楽といえば、私の血を受け継ぐ子供たちの人生を傍観していることだけでね」

心でどう思っていても、私という人間はどこまでも憎まれ口を叩く。リアしかいないこの場でも、私は息子に本当に伝えたいことを素直に言うことができない。そんなことを知らないはずのリアは、まるで〝仕方がないな〟と年下に接するような仕草でやれやれと首を振った。どうせ、この場にクロウ様がいないのにもかかわらず素直でない、とでも思っていたのだろう。大きなお世話だ。

だが、言われっぱなしというのも性に合わない。少し反撃させてもらおう。私はにやりと笑ってリアに言う。

「ときに、君はあれを愛しているのかな？」

「あ、あい!? そんなわけありません! 私のような小娘が惚《ほ》れてよい方ではないのです!」

と、顔を真っ赤にして説得力のない言葉を叫んだリアは脱兎《だっと》のごとくそのまま逃げだしてしまった。実にからかいがいのある反応だ。もっとからかいたかったのだが、まあいいか。

私は足を建物へ向ける。彼女と話して幾分か気分が上昇した。あの娘ならば、あれの手綱をしっかりと握ってくれることだろう。

木の陰から覗《のぞ》く自身の髪と同じ色の尻尾に気づかないまま、私は自分の部屋に戻っていった。

第四章　下準備

Side　マリア・ローズ・レイティス

いつからこの城はこんな空気になったのだろうか。

「マリア様、お食事の用意ができました」

侍女の言葉に頷き、その後ろについて食事をする部屋に向かう。道すがら、城で働いている者たちに交ざって、勇者召喚で呼び出した私と同じ年頃の少年少女が私に頭を下げていた。それを一瞥《いちべつ》し、その前を通り過ぎる。

王は――父は、邪魔な勇者と暗殺者を城から追い出すように画策し、それ以外の勇者召喚者たちには興味を向けていなかった。父にとって、脅威はサラン・ミスレイと勇者、そして私たちの目をかいくぐって生活していた暗殺者だけだったのだろう。はじめは洗脳の呪いを使って操り人形に仕立て上げようとしていた勇者を、サラン・ミスレイ暗殺の目途が立ち、迷宮で一度呪いを解かれてからは追い出すことにしたのだ。暗殺者にサラン・ミスレイの殺害の濡《ぬ》れ衣《ぎぬ》を着せたのも、ここへ戻って来られないようにするため。

勇者以外の六人が洗脳の呪いを解いて逃げ出してしまったのは誤算だったが、その中に解呪師がいたのは幸いだった。彼女の職業が分かってから、彼女だけには専属の教師をつけることすらせず、何も学べないようにしていた。それにもかかわらず、迷宮では勇者の呪いを一時的にだが解いてしまった。

やはり種族が〝人間〟と〝人族〟では同じ姿をしていても根本は違っているのだろう。時々洗脳の呪いが解かれていたがまあ、邪魔な彼女はもういない。サラン・ミスレイが気にかけるような仕草をしているから警戒していたが、彼女はサラン・ミスレイと話したことをほとんど覚えていないだろう。自分の罪さえも。

その他の勇者召喚者は私の魔法によって洗脳され、生まれた時からここで働いていたように記憶を改変されている。それ以外の侍女たちはもちろんすべてを知っているが、私が口止めをしているため何も言わない。だけど、誰もがこう思っているはずだ。〝こんなこと、ずっと続くわけがない〟と。誰もが王と私の所業に納得しているわけではない。

実際、騎士団を解散させたあと、副団長だったジール・アスティを筆頭に実力者たちは城を出て行った。最近は貴族の一部が不穏な動きをしているという情報も入ってきている。

ああ、私はいつまでこんなことを続ければいいのだろう。

「どうしたソフィア、食事が口に合わないか？」

「……いえ。いつも通り、おいしいですわ。あなた」

味のしない食べ物を無理やり嚥下《えんげ》し、口角を上げる。父は私には向けたことのない愛情のこもった瞳で私に笑いかけた。私の中に存在するお母様の面影を見る姿は、とても痛々しい。

可哀想《かわいそう》なお父様。お母様が亡くなり、現実を見ることができなくなったお父様は、日に日にお母様に似てきた私をお母様だと認識するようになった。王としての執務は堂々としており、私のことも駒ではあるが娘として認識しているものの、食事などの日常生活では壊れてしまっている。はじめはいちいち訂正をしていたが、私をお母様だと思うことでお父様の精神が安定することが分かってからは諦めてしまった。

結局、お父様が愛していたのはお母様だけであり、私のことなど見てはいない。私を近くに置いているのもお母様に似た顔を所有したいがためなのだろう。

お父様は、お母様が亡くなられる前から危うい状態だった。流行《はや》り病で、父親や王位継承を目されていた兄たちが亡くなり、なりたかった画家という夢を放棄させられてこの国に縛り付けられた。そんなお父様を支え、救ったのがお母様だ。お母様がいないこの国をお父様が大切にする理由はなく、結果的に禁忌に手を出すこととなった。

「さあ、今日も頑張らないとね。大丈夫、ちゃんと君を生き返らせるよ。ソフィア。また幸せになろう」

歪《いびつ》な、執着や愛情などの感情がドロドロと煮詰まったようなまなざしから逃れるように私は目を伏せる。

「ええ、頼んだわね、私の王様」

可哀想なお父様。

可哀想な私。

お母様を生き返らせることは、創造神アイテルが定めた人間の禁忌を犯す。この世界に存在する人間ならば遵守しなければならない理を犯すのだ。本当ならば、本当に父を想《おも》っているのならば私は、魔族の口車に乗ってしまった父を、殺してでも止めなければならないのだろう。だけど、こんなに壊れていても私の父親であることに間違いはなかった。

すべては王の心の安寧のために。

「地獄までお供します。お父様」

これが、私が見つけた家族の在り方だった。

Side　???

「地獄までお供します。お父様」

ドロドロとした様々な感情が込められた言葉を聞き、私は苦笑した。扉の向こうから漏れ聞こえる会話はおおよそ親子のものとは思えない。だというのに、本人はこれが家族の在り方だとでも思っていそうだ。新手の宗教か何かのようだ。おお怖い怖いと、鳥肌を立てる腕をさすりながらその場所から離れるために歩いた。

城内は勇者召喚以降、徐々に活気を失い、静寂に包まれている。城を去った騎士団の連中だけでなく、人知れずいなくなった人間がいるからだ。誰にも、たとえ家族であろうと知らせずに、突然いなくなる。自分の住まいの異常事態に王や王女は気づいてはいない。いや、気づいたとしても彼らには何もできやしないだろうけど。その機能が停止しかかっている王城の影響が民に及ぶのも当然であり、この国が瓦解するのは時間の問題だろう。

「まあ、だからこそこの私がいるのだけれども」

この国を、時が来るまでもたせておくことが私の役目。どれだけの人間がいなくなろうと、一国という〝代償〟はかなり高い。我らが王の願いを叶《かな》えるために、その〝代償〟を有効活用するのが私の役目だ。

「あ、あなた……」

これからの動きについて色々と考えを巡らせているとき、不意に後ろから声をかけられる。反射的に警戒をして振り返ると、顔色の悪い女がいた。確かこの女は王女付きの侍女だっただろうか。

「何か御用かな」

今の私はレイティス城に招かれた客人として知らされているはずだ。そこになんら不自然さはなく、その証拠に今この時まで懐疑的な視線に晒《さら》されたことはない。だというのに、目の前の女は怯《おび》えたような、疑っているような、そんな目を私に向けてくる。

心当たりがありすぎる。ああ、本当に人族は虫けらのように数が多くて面倒だな。心当たりが多すぎてどれかは分からないが、見られていたらしい。自身の失敗を悟って舌打ちをしたい気分だった。

「あの子を……アンジェをどこへやったの。昨日、あなたといるところを見たの。でも、あなたが触った瞬間に消えた。城中を捜したけどいなかった。どこへやったの。あの子を……」

「……ふふふ、あはははははははは！！！」

不安そうに、だけれどもどこか確信しているような声音に、ぱちくりと目を瞬かせたあと、私の口から笑い声が漏れる。不機嫌な顔が一転して、体をくの字に折るほどの笑い声を上げる私はとても不気味だったのだろう。女は一歩後ずさった。

私は歩を進めて女に触れることができる距離まで近づく。戦闘などしたことのない女は反応すらできないままに私に手を掴《つか》まれた。

「ああ、君たち人族は本当に愉快だ。愚かで滑稽で本当に救いようがない」

人気のない城の廊下に声が響いた。ついこの間までならここにも人目が行き届き、誰かしらが目撃していただろうが、今現在の人目は皆無だった。当然だ。人がいなくなったのだから。

「でもそうか、昨日のは見られていたのか。それは私の失態だ。お詫《わ》びにそのアンジェ？とかいう女に会わせてあげよう」

懐に手を入れ、中の物を引っ張り出す。私の手の中に握られているのは小さな石だった。

「あ、会わせてくれるって言ったでしょう！　アンジェは、あの子はどこ!?」

ヒステリックに叫ぶ女は掴まれた腕を振り回して逃れようとしているが、私の腕はピクリとも動かない。私は首を傾《かし》げて小さな石を眼前に差し出した。もっとよく見られるように。

「ほらしっかりと見なよ。これが君が捜している女さ」

ピタリと女は動きを止めた。女の口がわななく。

「本当に君たち人族の価値は驚くほど低いよね。その命と引き換えになるのがそこら辺に落ちている石ころと同じだなんて。まあ魔力の保有量が私たちよりも圧倒的に少ないのだから仕方のないことなのかもしれないけどね」

「あ、ああ、まさか……。魔族がどうしてここに！！！　誰かたす……」

私の正体に気付き、叫び声を上げようとした瞬間、その姿は掻《か》き消える。女の手を握っていた手を開くと、そこには先ほどまではなかった石ころが一つあった。

「君の命も石ころか。つまらないな」

もう一つの石ころと一緒に適当に放り投げる。こんなものあったとしても何の価値もない。本当に、人族が哀れでならない。

私のスキル『引き換え』はものを同価値のものに換えることができる。というか、この価値を判断するのは私ではないため、私は換えることしかできないのだけれど。試しに私が最も大切にしていた者を換えてみても小さな宝石にしかならなかった。そして、私が興味すら湧かなかった者は大粒の宝石がはめ込まれた立派なティアラになった。不快なことに、そこに私の意思は存在しない。

我が王が言うには、裁定しているのはこの世界の神らしい。確かアイテルとかいう名前だっただろうか。神なんて存在を認めたことはないが、その裁定者の価値観が人間では有り得ないことは認めている。だって、この私と血が繋《つな》がっている者が軒並み小さな宝石ごときだった、だなんて有り得ない。有り得なすぎて適当な場所に捨ててしまった。

人族が哀れで仕方がない。石ころと同じ価値の命であるとはどんな心地なんだろう。それでも懸命に生きようとしているのだから救いようがない。懸命に生きようともがく人族が滑稽に見える。ああ、なんて愉快なんだろう。

「石も飽きてきたな。次は花にでも換わるといいけど」

誰もいなくなった廊下に私一人の足音だけが響く。

この国の価値は一体どれほどなのだろうか。そうだ、我が王からの合図が来るまで、勇者召喚者とかいう者たちの価値も確かめてみよう。きっといい時間潰しになることだろう。

Side 佐藤司

「一つ、話しておきたいことがある」

晶《あきら》が到着してからというもの、ノアさんはそれまでの人間サンドバッグのような稽古をしなくなった。晶が言った言葉が彼女の琴線に触れたのか、それとも初めから俺たちで遊んでいたのか。なんにせよ、俺は人の心情を読み解くということが苦手だ。世界中の人間が実直な思考回路をしていれば、もっとことは単純だろうに。

晶が到着した翌日、日がポカポカとあたって眠気を誘う窓の拭き掃除をしていた俺の前に、周りに人がいないのを見計らって現れたノアさんは、真剣な顔でそう言った。昨日までのことを思い出して思わず身構えてしまったが、そういえば彼女は俺たちがしっかりと構えていないうちには攻撃をしてこなかったことを思い出した。今思うと、彼女なりに気遣いながら俺たちを鍛えようとしてくれていたのかもしれない。やり方は本当に無茶苦茶だったが。

「……話したいこととは何でしょうか」

窓を拭くために絞っていた雑巾をバケツに投げ入れ、立ち上がって自分よりもさらに低い身長の彼女を見下ろす。

彼女は俺の腰のあたりをぼんやりと見ながら、人気がない方へ俺を押しやった。俺の腰のあたり、正確には俺が腰に下げている剣を見ている。

「この剣が何か？」

聖剣であると言って渡された、おそらく偽物のただ頑丈であるだけの剣。これまでの旅路でこの剣に助けられたことは数知れず、もはや俺の一部であると言っても過言ではないほどの剣。だからこそ、この剣が聖剣ではないことが口惜しい。あれだけ練習しても習得できなかった『聖剣術』を、あの時だけ放つことができたあの技を、この剣で打つことができたらどれほど良いだろうかと夢に見るほど悩んだ。

「その剣、まだ聖剣になっていないのか」

今、〝まだ〟と彼女は言っただろうか。

俺は無意識のうちに柄《つか》に手を添えた。今にも抜刀できる俺の状態にも動揺せず、口元を指でなぞりながら彼女は言う。

「勇者の剣は代々受け継がれるような安易な存在ではない。一部の人間には〝聖剣〟とは勇者の剣である一振りと言い伝えられているが、それは誤りだ。勇者の剣は決して受け継がれるものではない。〝勇者〟という職業の者が手にする武器は、武器自身が己を大切にしてくれる勇者にのみ力を与えてくれる。それが〝聖剣〟だ。まあ、剣の形をしていない物もあるが」

そうでないと、体格の大きい者と小柄な者の持つ武器が同じものになってしまうだろう？　と、当たり前のようにそう言うノアさんに、俺はただ目を見開いた。

俺は無意識のうちに、〝勇者の剣〟というものはアーサー王伝説よろしく、たった一人の人間にしか抜けないようなそんな剣をイメージしてしまっていた。そういえば迷宮で今まで使っていた剣が折れ、この剣を渡されたときにどこかしっくりくるような感覚を抱いていたような気がする。それも、俺がこの剣を〝聖剣ではない〟と感じてしまってからは逆に違和感だけを覚えていた。握り慣れた柄をなぞりながら目の前のノアさんを見た。

「……それは、確かですか？」

本当のことだとしても、俺は疑わずにいられない。晶たちと非戦闘員以外が遠慮なくフルボッコにされたからこそ信用ならないというのもある。今でこそ何かを伝えるそぶりを見せているが、本心ではどう考えているかわからない。俺はマリで、気弱そうな人が豹変《ひょうへん》した例を見ている。

「……そうだな。私もそれが本当であるかは分からない。何せ勇者というのは人生で一度見られれば幸運だと言われている人間だ。私でさえ、長い間生きてきたが二人しかお目にかかっていない」

疑われたにもかかわらずノアさんは愉快そうに笑い、ゆっくりと建物の方へ足を向けた。

「だとしても、先人の知恵は伝えるべきだろう。〝勇者の剣を目覚めさせるのは、勇者自身の経験値と心〟。この言葉は先代勇者の言葉だ。信じなくてもいいが、心の隅にはとどめておけ」

そう言ってノアさんの姿が建物の陰に隠れた。もしかして、今のは助言だったのだろうか。ノアさんと戦っている間も、俺はあの時一度だけ使うことができた『聖剣術』をどうやって使うか考えていた。一度は剣の違いで諦めかけた『聖剣術』だったが、もしも剣が要因でなかったのなら、俺の心のせいだったのだろうか。ここまで過酷な旅路だったが、この相棒はどんなに無茶な攻撃をしても折れることはなかった。

「……もしかして、お前はもう俺を認めてくれていたのか？」

鞘《さや》から剣を抜き、異世界でも平等に人間を照らす太陽に剣をかざす。

一瞬だけ、俺の言葉に応えるように剣が光ったような気がした。

Ｓｉｄｅ　織田晶

ここにたどり着いて、これまでの傷を癒やし、体力が完全に回復するのに三日を要した。この森の中はカンティネン迷宮の下層ほどの警戒が必要だったのだ。魔物が魔族領に近づくほど強くなるというのは本当のことなのだろうな。

六人掛けの席に獣人族領、クロウ邸の時とそっくりそのままの席で俺たちは座った。この家の主《あるじ》であるはずのノアはクロウの後ろに立ち、初めて勇者たちに会ったアマリリスとリアは自己紹介をした後、俺たちの後ろに立っている。もっとも、アマリリスは体半分ほどリアの後ろに隠れているが。ノアは、クロウを〝愚息〟と呼んでいるくせにちょくちょくクロウを大切にしているような様子がうかがえる。なんだかよくわからない人だな。

「で、魔族領への経路は今あるのか？」

俺は片肘を机について、クロウとその後ろに立つノアに問う。先代勇者が使っていたという魔族領へ通じるルートが、何十年も経《た》った今も何の問題もなく使えるとは思っていない。昨日と今日の二日を使って経路の確認に向かったクロウとノアの顔色は案の定、よろしくなかった。

「昨日と今日確認してきたところ、私が把握していた魔族領への抜け道の尽《ことごと》くが、落盤や浸水などの要因で潰されていた」

クロウの言葉に勇者たちも顔を曇らせる。さらにクロウからの悪い知らせは続いた。

「海中に生息する魔物がいて船で海を渡ることはできない。さらに、抜け道を塞いだのはただの天災ではないことが分かっている。もう古くはなっていたが、魔力を帯びていた」

「……つまりはどういうことなんだよ」

答えを知りたがる和木が自身の頭にじゃれついている猫と猿に一切反応を見せずに顔を

しかめる。

「つまり魔族、それも一見天災と見間違えるほどの激しい破壊を人為的に起こすことができるほどの実力をもつ、魔族の中でもかなり強い人間がわざとやったということだ」

　魔族領のやつらにこちらの動きを読まれているわけだ。律儀に地図に示された道を一本一本指さしながらクロウが言う。ご丁寧に一つずつ潰されたらしい。その様子をぼんやりと眺めながら、ブルート迷宮で出会ったマヒロとアウルムの顔が浮かんでは消えた。あいつらほどの力があるのなら、自然災害と同じようなことを起こすのは可能だろうな。

「ここからエルフ族領、人族領へ通じる道は塞がず、きれいに魔族領だけに通じる道だけを塞いだ、か」

　そう、先代勇者は驚くことに、この獣人族領の拠点から魔族以外の領土への地下路も作り上げていた。一番近い魔族領だけならともかく、その他までの道を用意していたとは。先代勇者たちは、用心深すぎる。その当時はまだ人族やエルフ族との仲は険悪ではなかったのにもかかわらずだ。先代勇者の行動をその目で見ていたクロウは、先代勇者に一目置いていたようだったけど、実際はどうなんだろうか。

「塞がれた道を再び通れるようにするのは？」

　勇者が手を挙げて発言をする。その言葉にクロウたち親子は首を横に振った。

「だめだ。どれか一つでも瓦礫《がれき》を動かせば崩落しかねないほど、どこも危険な状態になっている」

正直、いつ崩れるかわからないと、ノアは話をくくった。十人以上の人数がいるにもかかわらず、部屋は沈黙に包まれた。

「地下も海もだめ、か」

勇者が落胆したように呟《つぶや》く。その気持ちもわからんでもないが、俺はただじっとノアを見つめた。視界の端でアメリアが俺と同じ動作をしている。

「……何か意見があるのなら口で話せ」

二対の瞳で見つめられたノアが根負けし、ため息をつきながらそう言った。俺とアメリアは顔を見合わせ、俺が口を開く。

「……空ならどうだ？」

俺の一言に、勇者が瞳を輝かせ、手を叩《たた》く。

「そうだ！　地がだめなら空か！」

飛行機などになじみがある召喚者たちは途端に顔を輝かせるが、生粋のこの世界の住人は違う。首を傾《かし》げる彼らに勇者が人を乗せて空を飛ぶ原理を説明しだした。

生憎《あいにく》だが、俺には勇者が何を言っているのかすらわからない。飛行機で飛ぶということに慣れきっている現代人の弊害かな。空気の流速やら、揚力の発生、助走の距離や離陸の速度なんかの話になれば本当に日本語かと疑う程度にはわからない。現代人の弊害というよりも俺が根っからの文系なだけかもしれないが。

とはいえ、クロウは俺と同じように目を遠くにやり、逆にノアは嬉々《きき》として勇者に質問を投げかけていた。親子でもここまで違うのか。

「なるほどな。理論上は確かに空の飛行は可能だ」

ついには勇者でさえ答えることができない問いを投げかけ、答えに詰まった勇者に満足そうに頷《うなず》いたノアはそう言った。勇者とノアの会話が分からない者たちはそろって視線をあらぬ方へ向けていた。俺もだが、京介《きようすけ》なんて目を閉じて完全に拒絶している。

「俺はあくまで知識を齧《かじ》った程度で、専門的なことは何一つ分かりませんから！」

あれだけ自信満々に答えていたのに、どこか責任を放棄するような声音で勇者がプイっと顔を逸《そ》らす。

「で、空ならいけると思った要因が私にある。そうだな、アメリア・ローズクォーツ、アキラ・オダ」

鞭《むち》で打たれたように、俺とアメリアの背筋が伸びた。俺とアメリアはノアのステータスの同じ部分を見てゆっくりと頷いた。

ノアの力を借りれば、どうにか空で向かえるかもしれない。

なんとか協力を取り付けた俺たちは、そのために何が必要になるのか、ノアと話し合った。

「じゃあ、まずは班分けをしようか」

ノアが言うには、魔族領へ渡るためにはいくつかの材料が必要だそうだ。まずは素材を手に入れなければならない。

そのために森に入るのだが、大人数でぞろぞろと移動するのも滑稽だし、せっかく人数がいるのだから手分けした方が楽だろうという俺の意見に全員が賛成した。

俺も含めて十三人。あとはこの場にいない夜《よる》も人数に入れると十四人か。三チームほどに分ければちょうど良いだろうか。

「とりあえず、アメリア、アマリリスと非戦闘組はここに居残りだな。あとあんたもだ」

最後の言葉をノアに向かって言うと、ノアはフンっと鼻を鳴らした。察するに、俺に言われるまでもなくわかっているというところだろうか。

「私も居残り組なの？」

アメリアが少し拗《す》ねたような顔でそう言った。俺がアメリアを戦いから何かと遠ざけているのが分かったのだろう。そう言われると思って、あらかじめ考えていた理由をアメリアに言う。

「アメリアにはここの守備をノアと共にお願いしたい。拠点がなくなれば困るからな」

ポンっと頭に手を置いて言えば、アメリアは照れたように少し笑って、渋々頷いた。ノアはおそらく守らなくても大丈夫だろう。勇者たちをぶっ飛ばすほど元気なようだし。

「その他残りでノアが指定した材料、もしくはそれに近い物を用意する。魔物から入手する戦闘部隊と、先代勇者たちが残した通路から使えそうな物を取ってくる組に分かれよう」

少なくとも、俺と勇者、京介、ジールさんは戦闘部隊だな。となると、盾や結界を張ることができる津田《つだ》とリア、逃げ足として夜、案内や鑑定要員としてクロウたちが通路での材料確保か。戦闘部隊の人数が他のチームに比べて少ないかもしれないが、この面子《メンツ》で連携をしたことがないため、人数は減らした方がやりやすいだろう。最悪、俺は一人でもなんとかなりそうだし、他は三人で連携ができ、この森を突破してきたのだから。

「戦闘部隊は武器の整備が済み次第すぐに出よう。お前たちは夜が到着するまで待っててくれるとありがたい」

「で、当の本人はどうした。この森に入る前から姿が見えないようだが」

クロウが呟く。全員の様子を見るに、夜の不在に気づいていなかったのはアマリリスだけだったようだ。よくも悪くも、彼女は薬学以外では普通の女性だな。

「ああ、夜は今俺たちとは別のルートからここを目指している。主な理由はアマリリスからの要請を叶《かな》えるためなんだが……」

俺がちらりと視線を向けると、ついでに向けられた他の視線に身を縮め、リアの背中に隠れてしまった。仕方なく、俺はサラン団長を殺した強化人間が、彼女が精製した〝強化薬〞を飲んだ兵士だということ、そして彼女が例のコンテストの優勝者の一人であり、獣人族のグラムという男に無理やり作らされた薬であったことなどを説明する。

説明した途端、上野《うえの》がサッと顔を青くしたのを視界の隅に捉えた。なぜ今反応をしたのだろうか。少し違和感を覚えたため、その情報を頭の隅に置いておく。

「アマリリスはいまだに残っている〝強化薬〞の解毒剤を作るために一緒に来た。ここからさらに西に生えている薬草が必要らしいから、取りに行ってもらっている。……ついでだから、ここにいるうちに細山《ほそやま》たちに人を活《い》かす術を教えてもらえ」

さらに縮こまってリアの後ろで震えているアマリリスを一瞥《いちべつ》して、俺は武器の確認をしている勇者たちを見た。

「で、すぐにも出られるのか?」

「もちろん。そういうお前は?」

生意気にも問い返してくる勇者を鼻で笑い、俺は両手で二本になった〝夜刀神《やとのかみ》〞を抜く。

「俺は整備する、までもなくいつでも準備はできている」

迷宮では当たり前だが、魔物が俺の準備を待っていてくれることなどなかったからな。

Side 津田友也

「これは酷《ひど》いな」

崩壊した、かつては魔族領と獣人族領を結んでいた通路を見て、クロウさんはそう呟いた。彼が先代の勇者たちと作ったものが完全に壊されている。地下を他の大陸まで掘り進めるのに一体どれだけの時間と労力がかかったんだろう。僕でもわかるくらい濃密な魔力を残していることから、やったのは魔族であるとわかる。

『悪いが、嘆いている暇はない。この中でまだ使えるものはあるか？』

通路を照らす役目をしていた魔石の灯《あか》りやどこか不思議な色をしている鉱石を見て夜さんが言う。

黒猫の姿をした夜さんは、火花を散らしているように見えるくらいお互いをライバル視した戦闘部隊が出発した後すぐに到着した。彼が持ってきた薬草を見たアマリリスさんの姿は正直思い出したくない。あのコンテストで優勝したほどの美貌を持ちながら、貴重な薬草を、よだれを垂らしてギラギラとした瞳で眺めていた。さすがの夜さんも引いていたように思う。僕も、正直見たくなかった。

「……こっちの魔石と鉱石はまだ使えるだろう。わずかに魔力の気配がする。こっちは完全にだめだな」

どこか意気消沈したような面持ちでクロウさんが答えた。彼にとって、先代勇者たちはどういった存在なんだろうか。どんな関係であれ、きっとクラスが同じだっただけの僕たちよりも親しい関係だったのだと思う。

「……アオイ、ルーク……リッター……」

瓦礫を見てぽつりと彼が呟いた呪文のようなそれを、心で繰り返す。誰かの名前だろうか。

『これと、それだな。よし、崩れる前に撤退しよう。クロウ、さっさと次に行くぞ』

淡々とした夜さんの声に、僕はぶつりと何かが切れた音を聞いた気がした。まったく、空気が読めないにもほどがある。こういうところはきっと織田《おだ》君に似てしまったのかもしれない。目の前をぽてぽてと歩く黒猫の、その後ろ首を摑《つか》んで目の前にぶら下げた。多くの猫がそうなるように、魔物である彼もそこを摑まれると力が入らなくなってしまうらしい。

『おいなんだ！　放せ!!』

リアさんに目配せをして、僕は夜さんを摑んだまま二人を残して地上に出た。リアさんの結界ならば、クロウさんと自分を守り切ることができるだろう。

『おい！　放せと言っているだろうが!!』

一瞬だけその体が大きくなり、僕の手から逃れた夜さんが小さなサイズの姿で地面に降り立ち、僕に威嚇をした。そう言えば、ばあちゃんの家で飼っていた猫もこんな感じで威嚇してきたな。

『一体何なんだ‼』

シャーっと猫のような音を出す夜さんの前に僕は仁王立ちした。

「あなたには感情がないのか⁉　クロウさんのあの姿を見て何も思わなかったんですか？」

『感情はあるとも。だが、あんな様子だとすべてをまわるのに何日かかるかも分からん。お前も分かっておるだろう？』

確かに彼の言い分も一理ある。このままずべての場所で悲しんでいたら日が暮れるどころか何日も経《た》ってしまう。それくらい、クロウさんたち先代勇者パーティーが残した通路は多く、しかもご丁寧にそのすべてが壊され、今にも崩れそうな状態だった。このまま時間を消費していけば、さらに崩れて通れない道が増える可能性もある。だけど僕はその主張を肯定したくなくて、癇癪《かんしゃく》を起こした子供のように激しく首を振った。

「そうじゃない！……そうじゃないんです。魔物のあなたは近しい誰かを亡くしたことがないかもしれませんが、永遠に会えなくなるということは誰もが堪えられることじゃない！　ましてやクロウさんはたくさんの大切な人を亡くしたんだ。たった一人亡くすだけでも耐えきれない人がいるのに‼」

知ったように言っているが、かくいう僕も近しい人間を亡くしたことはない。だけど、あれだけ悲痛な声を聞いた後では黙っていられるわけなかった。

『……俺には、あいつを気遣う資格はない』

　生まれて初めて感情的に、口から言葉が飛び出るまま叫んだ僕は肩で息をして夜さんを睨《にら》み付ける。まっすぐに僕の目を見てその言葉を受け止めた夜さんは、その目を逸らすことなく僕にそう言った。

『俺が魔王様から生み出され、魔王様の右腕として働いていたのは聞いたな？』

　そういえば城を出て初めて織田君と獣人族領のクロウさんの家で合流したとき、意識不明の織田君が目覚めるのを待っている間にクロウさんやアメリアさん、さらには彼本人から色々と聞いた。あのときは魔物の中にもこんな面白い猫がいるのかと適当に聞き流したような気がする。

『クロウが死ぬ思いで先代勇者と魔王城にたどり着いたとき、俺は魔王様のお側《そば》にいた。万が一のときは魔王様をお守りし、逃がすためだ。玉座の間の扉の前で魔族の二番手にやつらが敗北し、逃げ帰ったときは他の魔族たちと一緒にやつらを嘲笑《あざわら》った』

　静かに話を進める夜さんに僕は息を呑《の》む。織田君の肩に乗っている今の姿からは想像することができない。織田君に出会ってから何があったのか、出会う前に何があったのかは分からないけど、夜さんは心身ともに〝魔王の右腕〟だったらしい。てっきり、嫌々魔王のもとにいたのだとばかり思っていた。

『さらには〝アドレアの悪夢〟。その時にグラムに避難船を降ろされたあいつの妹は建物に押しつぶされて死んだそうだが、そもそも魔王様に命令されて〝アドレアの悪夢〟を実行したのも、建物が倒壊するほど暴れまわったのも俺だ。俺が、魔王様のお力になりたくて望んで暴れまわった結果だ』

僕はまだ夜さんが戦っている姿を見たことがない。アメリアさんが自慢げに夜さんと初めて会ったときに『変身』していたらしいドラゴンについて話していた。もちろんその場を見ていない僕の足りない想像力ではその光景を脳内再生することはできなかった。

僕の反応を気にすることはなく、夜さんは罪の告白を続ける。

『後に建てられた石碑を見てからこそ後悔したが、それまでは一体何が悪かったのか、俺が誰の何を奪ったのか興味すら湧かなかった』

ふと、金の一対の瞳が僕を射貫いた。知らずのうちに体が強張《こわば》る。殺気を向けられたわけでも、何かの魔法をかけられたわけでもないのに、凪《な》いだその瞳を見ただけで動くことができなくなった。

『わかったな？　俺はお前の言うあいつが亡くした〝たくさんの人〟を殺した側だ。殺した側が殺された側の人間を気遣い、慰めることができるわけないだろう？』

そういうのは主殿《あるじ》やリア殿に任せることだ、と呟《つぶや》いて、その尻尾を垂れ下げたまま夜《よる》さんは地下の方へ戻っていってしまった。

僕は夜さんがいなくなったあとも動くことができずにその場に突っ立っている。初めて言いたいことをまっすぐ相手に言えたのに、その心が満たされることはなかった。

「……難しいなぁ」

元の世界にいたときは、〝言葉〟がここまで難しいものだと思ったこともなかったのに。

澄み渡ったようなきれいな青空は、僕の心とは裏腹にとても暖かかった。


それから、僕たちは五か所の崩壊した通路を調べた。そのうち一か所は完全に崩壊しており、人間が通る大きさの隙間すらなかったので小さくなった夜さんに確認してもらったが、完全に崩れていてたった一つの手記しか持って来られなかったらしい。長い時間が経《た》ったことを思わせるような、黄ばんで擦り切れた手帳。かろうじて見える色は赤だろうか。

クロウさんはそれに見覚えがないのか首を傾《かし》げていたが、今は読んでいる暇がないため他の魔石と一緒に、僕が背負っている荷物の中に入れた。

「さて、あと何か所だ?」

夜さんが前を歩いているクロウさんを見上げる。どこか沈んだような雰囲気のクロウさんは怠《だる》そうに夜さんを見下ろした。

「あとは通路を作るために俺たちが拠点にしていた場所だな。そこで通路にあった魔石を使った道具などを作っていた。何か使えるものがあるかもしれない」

すたすたと外へ歩きだすクロウさんに僕たちは慌ててついていく。こうして実際に目で見てみると、先代の勇者たちは本当にすごいことが分かる。魔族領へ向かっている無数の通路は、一体どれだけの時間をかけて作られたのだろうか。魔王のもとへと行くしか道がない僕たちとは違い、彼らには家族や居場所があるだろうに。

僕たちならば、一体どうしただろうか。きっと、彼らがここにいた頃はノアさんもいなければクロウさんのような先達もいなかっただろう。僕たちも同じような立場になったとき、同じことができただろうか。いや、きっとできなかっただろうな。僕は苦笑して夜さんとクロウさんに続いた。

クロウさんが言っていたその場所へはすぐ到着した。通路を開いていた場所なのだから近いのは当然か。

「ここだな」

木々に隠れて、絶妙に見えない場所。建物でこそあるが見るからに廃墟《はいきょ》で、どこかくたびれて見えた。秘密の基地っぽくてうずうずする。その場所を見て夜さんは鼻を鳴らした。

『ほぉ、よくこんな場所をみつけたものだ』

「そりゃあ、な」

あの頃は楽しかった、とクロウさんがこぼす。様々な思いが込められたその声音に、僕はどんな反応をすべきだったのだろうか。

「わあ!!」

隠された建物の、さらに隠された出入り口を入った瞬間、前を歩いていたリアさんが歓声を上げる。建物の外からは分からない、清潔感のある内装は明るい色で統一されていた。

『これは……』

夜さんも目を見開いて高い場所にある照明や埃《ほこり》を被《かぶ》っている何か分らない道具などを見ている。

「むやみに触るなよ。体の一部が欠損するかもしれないぞ」

脅しのようなクロウさんの忠告を聞いて、触りかけていたものから慌てて手を引いた。

埃だらけで触りそうになっていたものが何かすらわからない。だからこそ触れたくなるのだが。

「この部屋には危険なものはあまり置いていなかったが、時間を経て変化しているものがあるかもしれない。気をつけろ」

懐かしむように目を細めてクロウさんが言った。

先代の勇者パーティーは魔族領以外の各大陸から一人ずつと、勇者の四人だったらしい。

その中で生き残ったのはクロウさんと勇者の二名。先代の勇者ももう生きていないから、現在も生きているのはクロウさんだけだ。周りと違う時間を生きている彼は、きっと多くの友人と死に別れたのだろう。それは一体どんな気持ちなんだろうか。

そんなことを考えていたからか、前からクロウさんが来ているのに気が付かなかった。慌てて道を空けようと動いたところ、何かに足をとられて転びかける。思わず近くのものにすがろうと埃を被った道具に触れた。

「あ」

それはさっき触ろうとしてクロウさんに注意されたものだった。どうしてもそれが何なのか気になるので、あとで聞こうと近くにいたのが仇《あだ》になったらしい。思わず固まってしまった僕と、咄嗟《とっさ》のことに反応しきれなかったクロウさんの視線の先で、埃まみれでざらざらのそれにわずかばかり魔力を取られた感じがした。

「馬鹿！　はやく手を放せ!!」

思わず呆《ほう》ける僕の手をクロウさんが慌てて摑む。瞬間、手元の何かから発せられた光が部屋を包んだ。光を近くで見てしまった僕とクロウさんはあまりの眩《まぶ》しさに目を閉じる。

「……何だったんだ今のは」

強い光が薄れ、消えた瞬間にクロウさんがそう呟いた。

どうやらクロウさんにも分からない現象だったらしい。

『おい！　お前たちは誰だ!!』

チカチカと所々白く霞《かす》む視界の中で、夜さんが何かに向かって威嚇していた。

「……え……」

そこには、ここに入ったときにはいなかったはずの男女が立っている。いや、立ってはいるけれど、その体は透けていた。幽霊という言葉が脳裏をよぎる。

いまだに僕の腕を摑《つか》んでいるクロウさんの手が震えた気がした。

『元気そうだな、クロウ』

『久しぶりだね、お兄ちゃん！』

Ｓｉｄｅ　クロウ

「……は」

短い呼吸が口から漏れる。

『なんだ？　その顔は初めて見るなぁ』

もうこの世にいないはずの、だけれど私が覚えているままのその姿で、そいつは笑った。

もうこの世にいないはずの、黒豹《くろひょう》の獣人。勇者として祭り上げられた、妹の次に大切だった私の幼馴染《おさななじみ》。

「……リッター、か？」

懐かしいその姿に、私は思わずそう聞く。だがすぐに首を振って自分の考えを否定した。

「いや、そんなはずがない。お前は私が看取《みと》ることなく死んでしまったはずだ」

死に際にも会えなかった大切な人間。確か、そのときは大量注文が入ってずっと俗世の干渉を断っていたため、リッターが死んだ二週間後に私は幼馴染の死を知ったのだったか。自業自得で、自分のことしか考えられない私は本当に最低野郎だ。

私はいつも間に合わない。妹の死に目にも会えず、幼馴染と最期の言葉を交わすこともできなかった。いつも、どこかで足止めを食らってそれ以上は進めないのだ。

『お兄ちゃん、なんだか卑屈になったみたい』

口に手を当てて、上品にくすくすと少女が笑う。その仕草は、長い間あの母親に厳しく躾《しつ》けられて身についたものだった。

「……アリア」

記憶の中にある妹と同じ顔の少女が、妹と同じ表情で、同じ仕草で笑っている。懐かしいその表情に、胸がぎゅっと絞られるように痛んだ。

妹が死んだあと、偶然立ち寄った村に赤子が生まれた。幼馴染が死に、妹が死んだ私が死に場所を求めて彷徨《さまよ》っていた中で出会った、赤子を自らの命を懸けて生きさせようとした女。リリアと名乗った、身重の美しい女性。魔物の襲撃によって子供を産むと同時に死んでしまい、そのとき山菜を採りに出ていた私はまたも間に合わなかった。そして生まれた子供に俺は、〝アリア〟、〝リリア〟、〝アメリア〟の、私が認めた女性の名前に共通した〝リア〟という名をつけた。いや、実を言うと、〝リア〟を〝アリア〟として、死んだ妹の代わりとして育てたかったのかもしれない。まあ、そうだとしても、あんなじゃじゃ馬が私の妹と同じなわけがなかったのだが。

「私は、俺は……お前に合わせる顔がない……」

彼らがここにいる原理はまだわからないが、私が実の妹を間違えるはずがない。懐かしい妹の前で、思わずずっと昔の一人称に戻ってしまった。

そんな私の様子にアリアはただくすくすと笑う。

『おいおいお嬢さん、こいつはいっつも卑屈だったぜ？』

薄く透けたリッターがアリアの肩に手を置いて、茶化すようにそう言った。よく見るとアリアの方も透けている。私の後ろでツダが「幽霊!?」と驚いたような声を上げていた。

おそらくそれに近しいものだろうか。

「なるほど、降霊術の一種、魔力を込めた人間と縁が近い魂を呼び寄せる道具だな……」

よくもこんな複雑な魔法具を作ったものだ。今の私でさえこんなもの作ることも直すこともできはしない。私はツダが触れたその魔法具の埃を払って嘆息した。昔から、幼馴染の魔法具生成のスキルは群を抜いていた。そして、それらを最高の道具として使いこなすことができていた。だからこそ、勇者なんてものになってしまったのだが。

『ご名答。直接触れた彼はおそらく、物心がついてから死に別れた親しい人物がいないのだろう。だから、彼を通じて繋《つな》がったお前の魔力で俺たちがここに来たってわけだ』

満足げに微笑《ほほえ》んでリッターが私を見る。優し気なその顔を見て、鼻の奥がツーンと痛んだような気がした。

「もともと私が触ること前提で用意していたやつがよく言う」

私は何年もここに来なかったのでこの部屋の最後を正確に覚えているわけではないが、この魔法具がこの場所になかったことは分かっている。

「この場所は私が色々と道具を置いていた場所だ。もし私がここに来たとき違和感を覚えるようにしたんだろう？　察するに、設置したのは魔王城から帰ってきたあとか」

相変わらず、用意周到にもほどがある。ため息をつく私とは対照的に、リッターは私以外に視線を彷徨《さまよ》わせた。視線が下がり、ある一点で止まる。

『ところで、そこにいるのは噂《うわさ》にあったあのブラックキャットか？』

キラキラとした目でリッターの瞳がヨルに向けられた。そういえば、私たちが魔王城に向かっていたときから、ヨルの〝魔王の右腕〟といった噂が流れだしたのだったな。

「そうだ。今は今代の勇者たちについてきているがな」

そう言うと、リッターは大声を上げて笑った。そういえばこいつの笑いの沸点は驚くほど低いんだった。

『まじかまじかよ！！！　あの魔王の右腕が!?』

お腹《なか》を抱え両手を叩《たた》いて笑うリッターにさすがのアリアも引き気味だ。

私はため息をついて頭を抱えた。そうだ、こいつは驚くほどマイペースなやつだった。

「そんなことはどうでもいい。それよりもお前がこの魔法具を私に残したのはなぜだ？」

わざわざこんなところに置いておいて、一体何を伝えたかったのだろう。

Ｓｉｄｅ　リア・ラグーン

「お前がこの魔法具を私に残したのはなぜだ？」

クロウ様のその言葉に、場の空気がピリッと緊張したのが私でも分かった。殺気に似た気配のせいか、自然に『結界』を発動する準備をするために杖《つえ》を上げてしまう。クロウ様の斜め後ろでは同じくツダ様が自身の盾を少し上げた。足元にいるヨル様は警戒こそしていないものの、無意識だろうか、足に少しばかり力をためている。

『まあまあ、そんなことよりも久々の再会を喜ぶことが先だろ？』

そんな空気をものともせず、先代勇者様はカラカラと笑った。豪胆な姿にさすがは先代の勇者と感心すべきか、それとも空気を読むべきだと白けた視線を送るべきか正直迷ってしまった。

そんな私たちの様子を見てアリア様がため息をつく。

『まったく、死んでもリッター様は変わりませんね……。相変わらず空気が読めないままです……』

一瞬だけ視線を先代勇者様に向け、その後に私、ヨル様、ツダ様を見る。

『申し訳ありませんが、兄とリッター様を二人きりにしてあげてもらえないでしょうか？そして、それとは別にあなたがたにはお願いがあるのですが、聞いてもらえないでしょうか』

私たちは顔を見合わせ、頷《うなず》く。正直に言うと、この寒暖差が激しい空気の中にはいたくなかった。それを見てアリア様はホッと顔を綻ばせる。その顔は、寝ているときの眉間に皺《しわ》が寄っていないクロウ様にどこか似ている気がした。

『よかった、ありがとうございます。……私たちはずっとあなた方を、正確には私の兄をですが、見ていました。現状も大まかにですが把握しております。その上で、ヨル様には今代の勇者様を、そしてツダ様には私と兄の母親、ノアを呼んできてもらいたいのです。私たちはおおよそ一日ほどはこの世にとどまることができますが、それ以上はどうなるかわかりません。できれば早くお願いいたします』

アリア様のお願いを聞いたヨル様とツダ様は頷いて、出口へと駆け出した。アリア様は残った私に向き直り、それはそれは楽し気に微笑む。

『リア様はその間、私とお話しましょう？　私、兄しかいなかったものですから、姉という存在に憧れてましたの』

コロコロと鈴を転がしたような声で楽し気に笑うアリア様にノーとは言うことができなかった。ずっと私たちを見ていたのなら、きっと私がクロウ様に抱えている想《おも》いも知っているのだろう。観念したように頷く私に、アリア様はさらに笑みを深めた。

先代勇者様とクロウ様の間に火花が散っているように見える、居心地の悪い空間から隣の談話室のような部屋に移動した私たちは、そこにあった椅子に腰かけた。部屋自体がかなり埃《ほこり》っぽいし、腰かけている椅子も埃を払ったとはいえ清潔とは言えない。そんな部屋は死者と会話をするのにうってつけだろう。

『ふふふ、そんなに構えなくても、私たちは現世に介入する力はないわ。お母様が来るまで私とお話していましょう？』

手を口元に当ててくすくすと笑う姿は少し前まで王族だった私よりもはるかに上品で、洗練されたものだった。クロウ様がそんな仕草を強要するとは思えなかったから、きっとノア様の教育なのだろう。クロウ様の隣に立っても霞むことのない顔立ちといい、もしかしたら彼女こそ王族なのではないかと思ってしまう。

「……お話とは何でしょうか？」

目の前の机にはお茶やお菓子の代わりに埃が分厚く積もっている。とてもじゃないがお茶会とは言えないだろう。

『あら、そんなに警戒なさらないで。本当にただお話したかっただけなの。……未来のお義姉《ねえ》さまと』

一拍、二拍と私は口を大きく開いたまま固まった。そんな間抜けな表情を晒《さら》していたにもかかわらず、そんなことよりも今アリア様の口から飛び出た言葉が信じられなかった。

「お、おねえさま……ですか？」

上手《うま》く言葉が連想できずにそのまま返してしまった。おねえさま……とは？

『だってお兄様とご結婚されるのでしょう？』

「ごけっ!?」

Side　織田晶

「おい勇者！　そっちに行ったぞ!!　ちんたらしてんなよ！」

「俺に、命令するな！」

息を荒くして膝をつく勇者がいる方を振り返らずに声を張り上げる。勇者は鬱陶しそうに叫んで立ち上がる。こんなにも動けないやつだっただろうか。そこまで考えて首を振った。そういえばこいつと一緒に戦うのは初めてかもしれない。いや、かもではなく初めて

たし、ミノタウロス戦では俺が到着する前にこいつは両腕が使えなくなって結界の中に下がってい
だな。カンティネン迷宮では前線で戦うこいつに対して俺は後ろの方に紛れていたし、ミ

（※）


たし。

「京介《きょうすけ》！　材料になる角には傷をつけるなよ！」

「分、かっては、いる!!」

　現在俺と勇者、京介とジールさんの戦闘部隊はノアから依頼された大陸を渡るために必要な材料を採取している。魔物ではない比較的安全でセーフハウスの近くで手に入るものは、目利きのできるアマリリスと暇を持て余していたアメリアが請け負ってくれるらしいので、俺たち戦闘部隊の仕事はもっぱら魔物から採取される材料の調達だった。とはいえ、これはそんなに簡単なことではない。

　ここは最も魔族領に近い森。迷宮下層にいる魔物よりもこの森の魔物の方が強敵だ。例えば今俺たちを群れで襲っている、イノシシの頭に大きな角がついているような姿の魔物。文字通り猪突猛進《ちょとつもうしん》で、自分の縄張りに入ってきた俺たちを見つけると角を突き出して低く構え、一直線に向かってきた。あの大きな角で串刺しにされれば生きてはいられないだろう。

　事実、魔物をかわした先にあった、俺の両腕でも抱きしめられないほどの大きな幹の木が角が刺さった衝撃で根元から抜けてしまった。魔物は角に刺さったままの大きな木を首

を振ることで易々《やすやす》と抜いて、再びこちらを見る。獲物を串刺しにするという方法故か、首元の力が強いようだ。俺はその素早い突進を見切ることができるが、勇者たちはどうだろうか。

「アキラ君！　私たちが囮《おとり》となって隙をつくるので、首を落としてくれ!!」

どうしたものかと考えている間にジールさんが俺にそう声をかけた。人に指令を出すことに関しては俺よりも騎士団の副団長を務めていたジールさんの方が慣れている。夜《よる》もアメリアも俺が指示を出すまでもなく俺の好きなように動かせてくれるから、こういう連携をするのは城で訓練していたとき以来だ。だからこそ、ジールさんは俺にとどめを頼んだのだろう。この中で連携に一番慣れていない上にこの魔物を倒すことができるのが俺だ。

「わかった」

一瞬のうちにそこまで考えて、俺は『気配隠蔽』を使う。連携をしなくても良いのなら、俺が姿を見せている理由はない。俺がいなくなって動くべき場所が見えたのか、急に動きの良くなった勇者、京介、ジールさんは木々が移動の邪魔となるような場所へと魔物を追い込んだ。あとは俺の仕事だ。

「『影魔法』――起動。『影籠目《かげかごめ》』」

俺たちの影、太陽を遮る木々の影が魔物の足元に集まり、籠目を描く。これくらいの大きさの魔物ならば数日はもつくらいの食料にはなるだろうが、今は拠点ができてそれも必要としていないため、俺は容赦なく魔物を細切れにする。影が引いた後にはただの肉塊が地面に沈んでいた。

「おい、角は……！」

慌てたように勇者が声を上げるが、姿を現した俺が抱えている角を見て黙る。もちろん、材料のことは忘れていない。これは影魔法を使う直前にとっておいたものだ。

戦闘が終了して、周りに他の魔物がいないのを確認した後、俺たちは肩の力を抜いた。細切れにしたからだろうが、死臭とともに血の匂いがあたりに充満している。はやめにここから移動した方が良いだろう。

近くの木の皮を削《そ》いで剣についた血糊《ちのり》を各々落とす。本当は柔らかい布で拭った後に点検をするのが最良なのだが、こんな場所で清潔な布を何枚も持ち歩かないし、血が付いたままというわけにはいかない。そうすると必然的に木の皮を使うか、稀《まれ》に出てくる人型の魔物が身に着けている衣類のような布で拭うようになった。

「さて、これで分かっただろうけれど、アキラ君。君には致命的に連携が向いていないようだ」

上がった息を整えつつ、ジールさんがそう言う。俺は細切れになった魔物の中からそれなりの大きさの魔石を取り出しながら、その言葉に頷いた。俺の職業レベルがこの中で一番だったとしても、連携の経験はそうではない。

「付け焼刃の連携ではお前単体が苦戦したという魔族には太刀打ちできないだろうな」

京介が冷静にそれに付け足す。まあ、京介の言う通りではある。マヒロレベルとまではいかないはずの、アウルムにも勝てるかわからなかった。単体でも勝てない相手に、そろっていない連携を試すのはただの自殺行為だ。

忘れてはいけないのが、この場所が魔族領に一番近い場所であるということ。あれだけの魔法があるのなら飛行することができる魔族も一人はいるだろう。魔法具を使ってはいたが、実際ラティスネイルは飛んでいた。魔族領に入る前に敵は一人でも多く減らしておきたいと思うが、会敵しないならばそれで良い。

そんなことをつらつらと考えていると、俺がへこんでいると勘違いしたのか、ジールさんがフォローを入れてくれた。

「まあ、アキラ君のこれまでの戦闘経験を聞いてから、連携をするのが難しいということは分かっていたから。連携をするということは必ずしも利点であるとは限らない。単純に手数が増えるのはいいのだが、少しでもリズムが崩れるとそれだけでパーティー全員の致命傷たりえる」

そうなったとしても一人でもソロで戦う者がいたのなら全滅は免れると、笑みを浮かべて言うジールさんに、背筋に冷たいものが通った気がした。生粋のこの世界の人間と俺たちでは価値観の違いがある気がする。俺だって死にたくはないが、俺だけが助かるために勇者たちの命を勘定に入れた作戦は立てられない。

「だとしても、一番は全員で生き残ることでしょう。お前も、まったく連携ができないというのは許されないことだぞ」

説教くさい勇者の言葉に俺は思わず顔をしかめた。俺だって連携をしなくてはいけないとわかってはいる。だけど、京介が何を考えてその位置にいるのか、ジールさんがなぜそのタイミングで攻撃したのかまったく分からないのだ。

「まあ、とりあえずは今のような感じでいこう。俺もお前らの動きに慣れないと話にならないしな」

突き放すようにそう言って、俺は三人に背を向けた。

俺もあのとき、無罪を最後まで主張して、城に残っていれば同じ動きができていたのだろうか。あの時の自分の選択を間違っていたなどと思ったことはない。だが、俺にできないことを言葉も交わさずにしてのけることに、嫉妬に似た何かを感じたのは確かだった。

第五章　最後の材料

Ｓｉｄｅ　織田晶

「さて、次の材料はなんだ？」

さすがに両手に抱えるような大きな角を何本も持ちながらでは戦えないため、一旦拠点に帰って立て直すことになった。道中魔物に出会うアクシデントがあったが、この森の中では仕方のないことだろう。むしろ、俺たちの存在が森の生態系を崩して魔物を活性化させてしまっていてもなんら不思議ではない。

全員そろって夕食を食べるための広めのテーブルには、いつぞやに見たジールさん特製の森の周辺地図が広げられていた。京介がノアから渡された、必要な材料が書いてある紙を読み上げる。

「次はオーガンの内臓と書いてあるな。内臓ってことはどの臓器でもいいのか？」

俺は顔を出入り口付近に向けた。そこには気配をわざと断ったノアが壁にもたれかかって腕を組んでいる。拠点に常駐しているノアは首を振った。

「いや、お前らの世界での内臓がどれのことを言うのかは知らんが、ここで言う内臓とは魔石のことだ」

多くの魔物は魔石がないと存在すらできんからなと、ノアはくつくつと嗤《わら》った。確かに、迷宮でも完全に倒していないのに魔石を抜くと死んだ魔物がいた気がする。そのときはたまたま魔石を抜いたタイミングと死んだタイミングが合っただけかと思っていたが、どうやら違っていたらしい。

「つまりはこのオーガンという魔物は一体で大陸を渡る動力として十分足りるということか？」

京介が顔をしかめながら聞く。確かに、紙には『オーガンの内臓一つ』としか書かれていない。一つで足りるのだろうか。

別の扉からアマリリスとアメリアが入ってきた。二人は穏やかに会話をしている。どうやらお互いに気が合ったらしい。アマリリスがエルフ族の攫《さら》われていた人たちと一緒にいたこと、わずかながらに与えられる薬草などを駆使して怪我《けが》や病気を治していたことを聞くとアメリアは感激し、とても感謝していたことから相性が悪いとは思わなかったが、仲が良いに越したことはないだろう。

「オーガンの内臓、つまり魔石はこの世界で一番大きな魔石だといわれている。魔法具に活用すれば優秀な動力源になる。ただ、一つ問題があってな」

ノアはそこで言葉を切った。

「オーガンはこの森の中を絶えず移動している。その動きをとらえるのは至難の業だろうな。私でさえまだ一度しか出会ったことがない」

そう言ってノアは隣の部屋に行き、大きな何かを抱えて戻ってきた。確かあの部屋はノアが物置にしているのではなかっただろうか。

「それは……魔石、なのか？」

信じられないといった顔で勇者が呟《つぶや》く。俺も目を見開いてそれを見上げた。俺の身長を超える大きさの魔石をノアは地面にそっと置く。

「これが、私が唯一所有しているオーガンの内臓だ。ただし手に入れたのはかなり前であるため、含有する魔力が少なく、この魔石では大陸を渡ることはできん」

これでも小さめだというノアに、俺はなるほどなと納得した。この大きさの魔石であれば大陸を渡ることができるかもしれない。

「問題は常に移動しているというところだな」

一つのところにとどまっていないというのは、見つけるのに骨が折れそうだ。このメンバー全員で手分けして探すというのはこの森の中に住んでいる魔物の強さを考えると厳しいだろう。かといって闇雲に探しても見つからないというのは分かる。

どうしたものかと頭を悩ませているとき、すすっと誰かが寄ってくる気配がした。顔を上げると、アマリリスが俺の手を凝視している。

「ど、どうかしたか？」

そういえばリアやアメリアと話している姿をよく見るが、俺自身がアマリリスとあまり話していなかったことに今気付く。これは一体何がしたいのだろうか。

「あ、すいません。この指輪はどこで手に入れられたのですか？」

顔を上げたアマリリスが俺のつけていた指輪を指す。

アメリアがつけた指の輪ではなく、右手の人差し指にある、クロウがアメリア奪還のときに渡してきた指輪の方だ。いつもはつけている手袋と手甲は室内では外すようにしているため、両方の指輪と手の甲にある夜《よる》との契約紋は晒《さら》されている。アメリアと夜の印はともかく、クロウがくれた指輪もあれからずっとつけっぱなしにしているのでつけているという実感がなかった。

「これはクロウがくれたやつだな」

これがどうかしたのかと聞くと、アマリリスは瞳に少しばかり魔力を集めてまた指輪を凝視する。

「素晴らしい魔法具ですね。これならば先ほどのお話はすべて解決してしまうのでは？」

そう言われて、俺もその指輪を見た。これをくれた時、クロウは何を言っていただろうか。

「おお！　それは確か〝失《う》せものの指輪〟か」

アマリリスと同じ距離に来て指輪を観察したノアが声を上げる。

というか、二人とも近い。

「近い」

アメリアが俺の心の声を代弁してくれるように、間に入って二人を離してくれた。二人は離れてくれたが、その目は俺の指輪に固定されている。こわいこわい。

「確か、装着者が望んだものの在《あ》り処《か》を示すんだったか」

俺は目を閉じ、ノアが持ってきたような大きな魔石が必要だと願った。強く、願う。

「おお！　どうやら正常に作動しているようだな！」

ノアのわくわくしたような声に目を開けると、あの時のように赤い光が指輪から壁に向かって出ていた。どうやらオーガンに向かって続いているらしい。ノアが言っていたように常に移動しているのか、光が少しずつ動いている。

図らずもクロウのおかげで問題が解決したらしい。

さて行こうかというとき、焦った様子の夜と津田《つだ》が駆け込んできた。というか、二人はクロウとリアと一緒じゃなかっただろうか。二人を置いてきて大丈夫なのか？

「あ！　いた!!　ギリ間に合った！！！」

『だから二人ともこっちにいると思うと言っただろうが！　俺の言っていることを聞かんからだ！』

「もっと確信をもって言ってよ」

ぎゃおぎゃおと吠《ほ》える夜が大変うるさい。というか、短時間で勇者メンバーたちと仲良くなりすぎじゃないだろうか。

「どうかしたのか」

誰かを捜しているような様子の二人に俺が声をかける。もしかするとクロウからの急ぎのお使いだろうか。息を整えた二人は顔を見合わせたあとに、夜が口を開く。

『そこのあほ面を晒している勇者を呼んでいてな』

驚いてポカンと口を開けたままの勇者がそれを聞いて慌てて口を閉じた。

「それと、ノアさんもです。僕たちで二人を呼んでくるように言われて……」

津田はそう言って恐る恐るノアの顔色をうかがった。俺は首を傾《かし》げる。津田の言い方ではクロウに呼ばれた感じではなさそうだ。

「誰にだ。馬鹿息子か？」

「あ、いえ。娘さんの方です」

夜がわざと誰が呼んだのかぼかしたような言い方をしていたのに津田が素直に答えてしまう。

だが、ノアの娘というと、クロウの妹のことか？　死んだはずではなかっただろうか。困惑したような雰囲気に気が付いたのか、夜が口を開いた。

『……先代勇者が作った魔法具によって死後の世界から一日ほど、勇者とあなたの娘が来ている』

簡潔にまとめて話し始める。どうやら先代勇者の魔法具でクロウの妹と先代勇者が死んだあとの世界から魂のみこちらの世界に来たらしい。死んだ人間を呼び寄せるのはこの世界でも有り得ないことなのだが、そこはさすが先代勇者といったところか。勇者召喚で異世界から来なくても『勇者』というのは大概規格外だったようだ。

話を聞いたノアはどこか納得したような顔だった。ただ、死んだはずの娘と会えるのに嬉《うれ》しそうではない。知り合ってまだ日が経《た》っていないため顔色でどう思っているのかなど詳しくわかるわけではないが、それでも嬉しそうではないことは分かった。どうしてだろうか。

「そうか……では行ってくる。お前たち、案内しろ」

「呼ばれているなら俺も行ってくる。先代勇者からの貴重な情報かもしれないしな」

ノアは準備をしてくると部屋を出て行った。おそらく動きやすい服に着替えてくるのだろう。勇者はすでに戦闘服なのでそのまま津田と行くようだった。二人が扉から出て行ったあと、俺たちは再び椅子に座る。

「サトウ君が抜ける以上、こちらも作戦を立て直さないといけないな」

「ああ。さっきまでの作戦をそのまま使うとなると京介《きょうすけ》の負担がでかすぎる」

ジールさんの言葉に俺と京介は頷《うなず》いた。俺に次いでステータス値が高い勇者は攻撃・防御共に安定しており、視野も広い。これまでの戦闘経験を踏まえてみても、俺が一点突破型の戦闘スタイルだとするのなら、勇者は仲間を鼓舞しつつみんなで倒すパーティー型だ。そして、そんな勇者とここまで一緒に戦ってきた京介とジールさんも、仲間と一緒に倒すタイプである。

タイプが違う者同士を組ませても今まで積み上げてきたものがぐちゃぐちゃになるだけだ。簡単に言うのなら、クラスの陰キャと陽キャを一緒のグループにする、といった感じだろうか。

今回、連携が取れていたパーティーを解体してまでグループを分けたのには、理由がある。

俺は勇者たちのパーティーの戦闘をちゃんとは見てはいないが、この森の中を進んできたくらいの実力があることは分かっている。京介からもざっと聞いたが、なかなかにハードな旅路だったようだ。だがその中で気になるのは、ここに近づいてきた後半になるにつれて京介や勇者が疲弊し、非戦闘員のおかげで助かった場面が多々あることである。簡単に言うと、京介や勇者は戦い一つ一つで全力になりすぎているようだ。

ジールさんにも確認したが、確かにそう見られる場面があったらしい。まあ、今まで街を転々とし、ギルドで依頼こそこなしていたようだが、死なないようにそれほど厳しいものを受けてはいない。だから、戦闘時での手の抜き方など知らないのだろう。それを知らないと、ここに来る道中のように無駄に疲弊することになってしまう。俺だって、最初から知っていたわけではないのだから、疲労で倒れる前に教えなくてはいけない。

「とりあえず総合的な戦闘力から考えるに、俺が主体で動いた方がいい気がするんだが、何か反論はあるか？」

ジールさんと京介は二人そろって頷いた。ノアから聞く限り、勇者が抜けて戦力が一気に低くなったパーティー型ではオーガンを討伐することは難しいだろう。なにせ、相手はこの森を彷徨《さまよ》い続ける魔物で、大まかな場所が指輪のおかげで分かっているとはいっても、この森の中を移動する間に多くの魔物たちと戦うことになるのだ。

「とはいえ、二人の連携を活《い》かさないのは惜しいよな。ジールさんは何か意見あるか？」

「……そうだな、では、私からも提案するとしよう」

打ち合わせを済ませた俺たちは点検を終えた各々の武器と少しの食料を携えて出立した。

「俺は今、オーガンの内臓が必要だ」

自分に言い聞かせるようにそう呟くと、指輪から赤い光が漏れだした。光はそのまま俺たちが進むべき道を示す。先頭に立ってその方向へと足を進める俺に京介とジールさんが続いた。

「こっちの方向は拠点よりもさらに魔族領に近いな」

俺はそう呟《つぶや》いて顔をしかめる。魔族領に近づくほどに強くなっていくように感じる魔物たち。魔族領近くを悠々と移動できるオーガンは、森の中でもトップクラスの力を持っていると言っても過言ではないだろう。勇者たちが起こしてしまったかもしれない森の主に近い存在だろうか。迷宮最下層にいた魔物や夜よりも手ごわい相手だとしてもおかしくはない。

あれから俺もレベルが上がっているが、無傷で倒すことはできないかもしれない。リアや津田を別のグループにしたのは間違ったかもな。

「ところで、ノアさんはどうやって空の飛行を可能にするんだ？　俺たち全員を運ぶとなると小型航空機くらいは必要になるぞ」

俺とアメリア、夜、それに勇者たち七人。それだけでも十人もいる上にノアやクロウたちが加われば十五人だ。勇者のおかげで大まかな仕組みは説明されているし、よくわかっていない部分は魔法でどうにかできるだろうが、だとしても大人数をノアが運ぶことができると、俺とアメリアが断言したことが理解できなかったらしい。俺は赤い光を先に顔を向けたまま、俺とアメリアが持っているエクストラスキル、『世界眼』の説明をした。

「ステータスを視《み》ることができるスキルか……。そんなスキルがあるのか」

「ステータスを視ることができるスキルだって!?」

感心する京介とは違い、ジールさんは驚きで目を見開いた。サラン団長から俺のステータスについて聞いてなかったのだろうか。いや待てよ、確かあのときは俺もこの『世界眼』がどんなスキルかわからなかったため、サラン団長には言っていなかったか。

「俺のエクストラスキルだ。俺もこのスキルの全体像を理解できているわけではないが、とりあえず現時点で俺は相手のステータスを視ることができる。今のところこのスキルが防がれたことはないな」

俺の確認不足で視ていなかった相手や魔力不足で視られなかった相手もいるが、それでも真っ向から防がれたことはない。そのことを伝えると、ジールさんはどこか納得したように頷いた。

「確かに、エクストラスキルなら有り得るかもしれない」

エクストラスキルは通常のスキルの上位互換だが、俺の『世界眼』も隠蔽系のエクストラスキル持ちには防がれてしまうかもしれない。まあ、魔族でもエクストラスキルを持っている者はそうそういないようだから、当分はその恐れはないだろうが。

「しかし、『世界眼』か……。本当にそのスキルは他人のステータスを視るだけのスキルなのか？」

顎の下に手を当てて、ぽつりと呟いた京介の声に俺は思わず顔を強張《こわば》らせる。

カンティネン迷宮で初めて『世界眼』を使ってみたときに視えた意味深な光景。死んでいるようにしか見えなかった勇者たちと、その中で唯一立っている俺の姿。まるで、このままではこの光景が現実のものになるという漠然とした予感を覚えて、俺はそれ以来『世界眼』を敵のステータス確認以外で使わなくなった。

そのおかげか、俺の『世界眼』のレベルは上がっていないが、おそらく俺よりも頻繁に使っているアメリアはかなりレベルが上がっている。今のアメリアはどこまで視えているのだろうか。

「……さあな。だけど、俺はこれ以上のものは視たくないと思ってる」

なぜ俺があの光景を視たのか、あれは未来視だったのか、興味が尽きないことではあるが、視るべきではないと感じた。こういう直感には従った方がいいと、カンティネン迷宮で嫌というほど知っている。

「俺もその方がいいと思う。どうしてかわからないがそう思うんだ」

おそらく京介が無意識のうちに使っているスキル『勘』だろう。まだ召喚されたばかりの頃から京介の『勘』のスキルレベルは高かった。俺の直感は『危機察知』の影響だろうか。

「そうする。さ、多分もうそろそろ近いぞ」

赤い光は相変わらず一方向を示しているが、そのふり幅が大きくなっている。俺の言葉に後ろ二人の空気が変わる。俺もそうだが、京介もだいぶこの世界に順応しつつあるな。

「ここまで魔物に出会わなかったのも何かおかしい。注意してくれ」

全員武器をすぐに抜ける状態ではいたが、それが使われることはなかった。

拠点にたどり着くまでにたくさんの魔物に襲われたことを考えると、獣人族領ギリギリの拠点よりもさらに魔族領に近いこの場所は本当に強い魔物しか立ち入ることができないのではないかと推測できる。今のところ俺の『気配察知』と『危機察知』に異常を知らせる様子はないが、むしろ異常が検知されていないことが異常と言える。

「おい！　いるぞ!!」

俺は自分のスキルに自信を持っているが、それに過信して油断したわけではない。だが実際に目の前に現れるまで、俺はその魔物を探知できなかった。

「晶《あきら》！！！」

京介の切羽詰まった叫び声に反応して、どうにか自分の体が切り裂かれる前に魔物の爪との間に〝夜刀神《やとのかみ》〟を滑り込ませることができた。

とはいえ、体勢の整っていない状態で受け止めきれるわけもなく、久しぶりにまともな受け身を取れない状態で吹っ飛ばされる。自分でも踏ん張っていたとは思えない、不意を突かれた体勢だったが、それでもここまで派手に吹っ飛ばされたのはまだ職業レベルが低かった頃のカンティネン迷宮以来だ。長い滞空時間の末、京介とジールさんからかなり離れた木に背中から叩《たた》きつけられる。

「アキラ君!!」

「大丈夫だ！　俺のことは気にするな！」

はるか向こうから響いてくるジールさんの声に叫び返し、起き上がる。この世界に来て一番、自分の化け物並みの防御力や耐久力に感謝した。かなりの勢いで叩きつけられたのにもかかわらず、すぐに動けるくらいには軽傷だ。

遠くからジールさんの声は聞こえるものの、これではお互いに援軍は望めないだろう。木々に邪魔をされてかろうじて向こうにいる魔物の巨体が見えるくらいだ。

二人の近くにいるよりも大きな、俺の体を覆いつくすほどの巨大な魔物が京介たちのもとに行こうとした俺の前に立ちふさがった。目の前にいるのにもかかわらず俺の『気配察知』も『危機察知』も反応しない。いつの間にか俺たちは三体だけとはいえ巨大な魔物の群れに囲まれていたわけだ。

姿は、これまで出会ってきたどこか動物のようなものの面影を残すような魔物ではなく、本の挿絵などで見た悪魔の姿に似ているかもしれない。蝙蝠《こうもり》のような翼に、細く長い手足、蜘蛛《くも》のように複数ある赤い目たちがこちらを睥睨《へいげい》している。口に位置している場所からはイカのような触手が伸びており、まるで自律しているようにうねうねと蠢《うごめ》いていた。その姿全体は真っ黒く、醜い姿に本能的に嫌悪感を覚える。今までの魔物が可愛《かわい》らしく感じてしまうくらい、ハッキリ言って気持ち悪い魔物だ。

魔物を観察している途中、ふと指輪を見ると、赤い光は目の前の魔物に繋《つな》がっていた。

「そうか、こいつがオーガンか」

俺の背丈を超える魔石がこいつから手に入るというのはどこか納得だ。今まで大きめの魔石がとれていたのは人型に近い魔物からだったが、目を見ればわかる。こいつは、こいつらは人に近い知能を持っている。おそらく夜《よる》に比べて頭は悪いだろうが、これまでのただ人間を襲う魔物よりも手ごわいことには違いないだろう。もしかして、魔族領に近づくにつれてこんな感じの姿の魔物ばかり増えるんじゃないだろうな。

頼むからうちの可愛いモフモフな夜を見習ってくれ。

「っと！」

観察だけにとどめてまったく動かないでいると、しびれを切らしたかのようにオーガンが再び爪を伸ばしてくる。先ほどはまったく予測していなかった方向からの攻撃だったためにに後手に回ってしまったが、しっかりと狙いが分かっていれば避けることも受けることもできる攻撃だ。だが、図体《ずうたい》に反して腕は俺と同じくらいの太さしかないくせに、最小限の動きで繰り出される爪は振り上げるだけで近くの木々を数本、根元から吹き飛ばした。受け止めると先ほどのように吹っ飛ばされる可能性の方が高いので受け止めずに受け流す。

さっきの攻撃も、受けたのが俺じゃなかったら内臓が破裂していたかもしれない。どうして三人も人間がいる中であえて俺を選んだのだろうか。全員が不意を突かれた形で、誰だって良かったはずだ。

この森にいる野生の魔物は特に本能で相手の実力を測ることができるのかというほど、正確にパーティー内で最も力のない人を襲ってきていた。拠点にたどり着く前はアマリスがまず襲われていたと思う。だというのに、一応はこの中でステータス値が一番高い俺を最初に襲ってきたのはなぜなのだろうか。

俺は受け流した反動で魔物から距離をとりつつ、『世界眼』を使ってオーガンのステータスを確認した。

オーガン－キング
種族：魔物
生命力：３２０００／３２０００　攻撃力：６０００００　防御力：４５０００
魔力：５００００／５００００
スキル：統制Ｌｖ．７　風爪Ｌｖ．５　回復魔法Ｌｖ．６　知性Ｌｖ．３
エクストラスキル：隠形　看破

アキラーオダ
種族：人間　職業：暗殺者Ｌｖ．88
生命力：３３６５０／３４６００　攻撃力：２５４００　防御力：１３６００
魔力：１１７００／１１９００
スキル：算術Ｌｖ．５　交渉術Ｌｖ．５　暗器術Ｌｖ．８　暗殺術Ｌｖ．９
曲刀技Ｌｖ．９　短刀技Ｌｖ．９　気配隠蔽Ｌｖ．ＭＡＸ　気配察知Ｌｖ．９
危機察知Ｌｖ．９　威圧Ｌｖ．８　咆哮Ｌｖ．４　二刀流Ｌｖ．６　魔力操作Ｌｖ．８
幻惑魔法Ｌｖ．５　身体強化Ｌｖ．２
エクストラスキル：言語理解　世界眼Ｌｖ．２　影魔法Ｌｖ．８

今の俺のステータスと並べるとよくわかる、魔物であるにもかかわらずぶっ壊れたとしか言いようがないステータスに俺は絶句した。防御力はともかく、攻撃力のその数値はなんなんだ。名前からしておそらくはオーガンの中でも力がある個体とはいえ、この間視た魔王の娘よりもステータス値が高いとはどういうことだろうか。魔物には職業がないため正確な差は分からないが、もしあれば今の俺よりも職業レベルが高いかもしれない。

つまりは、俺が全力を出してもまだ足りないかもしれないほどの強者《つわもの》というわけだ。ステータスを視て一気に警戒心が上がった俺は〝夜刀神〟を握りなおした。カンティネン迷宮では毎日あった命のやりとりを肌で感じるのは魔族と戦ったとき以来かもしれない。明らかに群れのリーダーである個体と戦うことになってげっそりとした気持ちとは裏腹に、俺の口端は上がる。どくりと高鳴る心臓が、自身の高揚した心を教えてくれた。

目を見開き、オーガンを見上げる。自分の瞳孔が開くのが分かった。

ああ、俺は、強者との戦いが好きだ。

「ふふ、ははは！」

自分でも制御できない気持ちを発散するように、俺は〝夜刀神〟を振るう。

Ｓｉｄｅ　朝比奈京介

「ははは……」

晶が吹き飛ばされて行ってから魔物と睨《にら》み合っていた中、遠くからかすかに響いてきた笑い声に思わずジールさんと顔を見合わせてしまった。心なしか魔物側も驚いて動きを止めている気がする。魔物なのにどこか人間臭い動きだな。

「何かあったんだろうか」

心配そうにしているジールさんに俺は首を振った。多分あれは楽しくて笑っているだけだと思う。そのまま伝えると、ジールさんはわけがわからないという顔をした。俺もそうだと思っただけで、実際に晶がどんな気持ちで笑っているのかは分からない。だけど晶は戦闘狂だから、きっと強そうな魔物と戦えて楽しいのだろう。

「私たちは各個撃破なんてできなそうだな」

とりあえず晶は大丈夫だろうということでこちらの魔物に向き直る。晶と奥の方に向かった個体よりも体つきは小さいが、それでも俺たちよりははるかに大きい。

ジールさんの冷静な声に頷《うなず》いた。晶があちらの魔物を倒すことは確定として、俺たちでこの二匹を倒さなければならない。生存を優先するのなら晶の援軍を待つのがいいが、だとしてもそれまで持ちこたえないと。

「私からいく。まずは左側から一匹ずつ。援護を頼む」

魔物から目を離さずに伝えてくるジールさんに返事をしつつ、武器を構える。城から持ってきた〝白龍《はくりゅう》〟の純白の刀身が光に反射してきらめいた。

いつもは別の刀を使っているのだが、今回はどうしてだかこちらの刀を使いたくなった。多分スキル『勘』が働いているのだろう。晶が持っている『気配察知』や『危機察知』よりも優れた点があることは先ほどのことで分かったが、『勘』ではどこに魔物がいるかなどの正確な情報は分からない。どうやら気配で察知しているわけではないようで、おそらく『勘』には隠蔽系のスキルは効かない。

「はあああぁ!!」

魔物の細腕から繰り出される爪をかいくぐり、ジールさんは剣で魔物の口から出ている触手を切り裂いた。俺はジールさんの方に伸ばされる爪を刀で弾《はじ》く。ジールさんはそのまま剣で魔物の首を刎《は》ねようと地面を蹴って魔物よりも高く跳び上がった。魔物が何かをする前に倒すつもりなのだろう。落下の勢いのまま首元に剣を振り下ろす。

「っジールさん!!!」

何か嫌なもの感じて止めようと声を上げるが、勝利を確信していたジールさんはそのまま剣を振り下ろす。パキンと澄んだ音がして、ジールさんの剣が折れた。それも根元からではなく真ん中あたり、ちょうど振り下ろしたところから折れたように見える。

ジールさんの剣はクロウさんが鍛えたとてもいい剣で、手入れもしっかりされていたのは知っていた。晶たちが拠点についてから全員の装備はクロウさんに一度点検してもらったから、剣の方に問題はなかっただろう。

つまりは剣が負けるほど魔物の首が硬かったということだ。どこがどのくらい硬いのかは分からないが、この刀を折るわけにはいかない以上不用意に斬りつけることはできない。なるほど、この強い魔物だらけの森を絶えず移動していけるわけだ。

そんなことを考えながら武器を失って無防備なジールさんを抱えて二体の魔物の攻撃が

届かない範囲まで後退した。

「……」

大切にしていた剣が折れたことがそれほどショックだったのか、呆然《ぼうぜん》と折れた剣を握り、されるがままにしている。そんなジールさんの様子に、なんと声をかければいいのか分からなかった。俺にはジールさんが使っていた剣にどんな思い入れを持っていたのか分からないからだ。変なことを言ってジールさんが折れた剣で魔物に特攻するなんてことは特に避けたい。

俺は言葉が足りないというか、自分の思ったことをそのまま口に出してしまうためか、表情に出ないためか、人の怒りを買いやすいようだった。昔は自分でもその悪い癖には気づいていなくて、だけど俺と会話をした人が不快になっているのは分かるから、晶に出会うまで人とのコミュニケーションを最低限にするようにしていた。俺と親しくなった晶がその癖を指摘してくれなかったら、俺は誰ともかかわることなく、カンティネンでも司《つかさ》たちと一緒に城から出ることはなかったかもしれない。

晶への恩を返したいし、それ以上に友達として手伝いたい。だけど晶は強いしアメリアさんや夜もいるからきっと俺なんかの手伝いは不要だろう。ならばせめて、城から出るきっかけを与えてくれたジールさんへの恩は返すべきだと思った。

俺は腰から鞘《さや》ごと使っていない方の刀を抜き、ジールさんに無理やり持たせる。こんな状況で誤解を生んでしまわないように、今まで一番慎重に言葉を選んだ。

「あんたは『曲刀技』を持ってないだろうから使いにくいとは思うが、ないよりはましだろう。ここで待っていてくれ」

ジールさんをこんな場所で死なせるわけにはいかないし、俺もここでは死ねない。俺が、この人を助ける。

とはいえ、俺もこの刀を渡してしまえばスキル『二刀流』が使えない。どうにかするしかないか。

木の陰にジールさんを隠して、俺は魔物の前に飛び出た。全力で振り下ろすのではなく、浅く斬りつけるつもりで振れば折れたりはしないはずだ。幸運なことに刀という武器は叩《たた》き切るのではなく斬るということに特化した武器。前にこの森で戦った亀のような硬い魔物も体内という弱点があった。魔物は生物だから、どれだけ皮膚が硬くても柔らかいところはあるはずだ。

俺が戻ってくるとは思わなかったのか、二体の魔物は慌てて触手と爪を伸ばしてきた。先ほど魔物と会敵した場所とは違っていたので、俺たちを追うのではなくもう一体が戦っている晶《あきら》の方へ行こうとしていたのだろう。一人だとわかると、俺が囮《おとり》だと思ったのか、警戒をしながら迎え撃ってくる。他の魔物よりは頭が良いが、人間や夜ほど知能が高いわけではないらしい。

もし俺なら、もう一人がどこにいるのか確認しないまま戦うのは不利だと判断してこの群れの中で一番強いであろう晶と戦っている個体と合流する。先ほどの戦いだけでは俺の実力は測れなかっただろうし、あちらの状態がどうなっているのであれ、ジールさんが潜んでいるかもしれない状態で戦いたくはない。

それをしないということは、二体なら俺を確実に倒せると判断したのか、それともジールさんの剣を折った防御力の高さに自信があるのか。そしてこれは考えたくはないが、晶のようなステータスを視《み》るスキルを持っていて、それを視た上で俺に勝てると判断したのか。自分のスキルが敵に視られるほどやりにくいことはない。

「……いくぞ」

意識して大きく呼吸をして、自分に言い聞かせるように呟《つぶや》く。剣道部の試合に出るとき、前の試合が終わって自分の試合が始まる前に決まってしているルーティン。団体戦では背中を力強く叩いてもらっていたが、自分個人のルーティンとして大きく息を吸い、「いくぞ」と呟くことをしていた。

そういえばこの世界に来てからは戦いの毎日で一回もしていないことをさっき思い出した。たったこれだけの行動で、心が凪《な》いでいくのが分かる。試合と命のやりとりはまるっきり違うものだけど、俺にとっては変わるものではないということなんだろう。

「ふっ!!」

まずは足元、脛《すね》にあたる場所や膝は硬く、刃が沈まない。だが、膝の裏は斬りつけることができた。運よく筋も斬ることができたのか、魔物は痛そうに声を上げ、体重を支えきれずに地面に膝つく。手の届く位置に顔が差し出されたので首以外の場所を撫《な》でるように斬った。

「うん。だいたい分かったな」

時間にすれば一瞬だっただろう。もう一体の方の魔物が目で追えなかったらしく、突然頽《くずお》れて全身に浅く切り傷がついた相方に目を白黒とさせていた。傷がついている場所をもう一度視覚で確認すると、やはり急所は硬い。その分、関節部分や目などは柔らかかった。とはいえ他の部位よりは柔らかいだけなので力を入れないと斬り落とすことは難しそうだ。もしこれが折れたら俺も晶のように二振りの短刀にしてもらおう。

俺は刀を握りなおした。今度はしっかり斬る。

「これなら、俺だけで二体とも倒すことができそうだ」

Ｓｉｄｅ　織田晶

ひとしきり笑った後、俺はペロリと唇を嘗《な》めた。

力を存分に出すことができるとはいえ、もしうっかり『影魔法』が俺の制御下から外れてしまった場合、かつて勇者の攻撃で北半分が消し飛んだという魔族領の二の舞になる可能性は否定できない。この場所にはジールさんも京介《きようすけ》もいるのだ。平静を失うわけにはいかない。

「『影魔法』――起動」

まあ、それはそうとして多少羽目を外すくらいは大目に見てほしいものだ。『影魔法』はまるで俺のテンションに同調するように激しく蠢《うごめ》く。これだけ大きな魔物を『影魔法』で丸呑《まるの》みにするのは影の大きさが足りない上に魔力の消費が激しい。生きているうちは動いているため、抵抗もされるだろう。

「『影踏《かげふ》み』」

二振りの〝夜刀神《やとのかみ》〟を握り、斬りかかる。生きているうちに取り込むのが難しいのなら、別の方法で仕留めればいい。欲しいのは心臓部にある巨大な魔石だけなので、そのほかの部分は『影魔法』が食べるだろう。

首を狙った俺の〝夜刀神〟は大きな爪に阻まれたが、オーガンの動きがピタリと止まる。オーガンの背後、本来は足元から体のシルエットのまま伸びているはずの影はそこになく、俺の影から伸びる『影魔法』と繋《つな》がって後ろからオーガンの腹を貫いていた。貫通してこちら側まで伸びていた影が俺の頬をチロチロと撫でる。『影踏み』は敵と俺の影を繋いで相手の影も俺の支配下に置く技だ。接近しなければ使えないのと、太陽の位置の関係で使えないときが多い。

「こら、遊ぶんじゃない」

命のやりとりをしている最中であるのにもかかわらず、無邪気な子供のような仕草をする『影魔法』のせいで緊張感がとんでしまった。心做《な》しかしょぼんと垂れた『影魔法』はずるりとオーガンの腹から抜け落ちる。オーガンの口元からゴポリと赤黒い血が吐き出された。ちゃんと血が人間と同じような色で驚く。

と、向こう側の景色が見えていた腹の穴がぐちぐちと動き、傷口が塞がった。それを見て、俺はああと頷く。

「そういえば回復魔法が使えるんだったな」

『回復魔法』というスキル名だったが、これはもはや超再生と言っても過言ではない。なるほど、〝キング〟とつく魔物なわけである。

魔石を壊してとどめを刺すことができない以上、首を落として一瞬で息の根を止めなければ永遠に再生し続けそうだ。この再生力ならもしかすると四肢の欠損も治すかもしれない。

考え込みながら、受け止めていた爪を弾き、腕に巻きつこうとしていた触手を斬り裂く。

〝夜刀神〟を二振りの短刀にしてもらってから、このリーチの短さだけが難点だ。敵の懐に入らなければ攻撃が届かない。まぁ、それをカバーしてなお余りあるのが『影魔法』なのだが。

　正直、魔力量さえあれば『影魔法』ほど使いやすい魔法はないと思う。大抵の魔物は『影魔法』には柔らかすぎるし、魔物を喰《く》えば魔力に変換されるので魔法発動のコストも少しは抑えることができる。斬る突く喰らうのオールマイティで、盾としても使える。その上に知能があるらしく今のように遊ばれることもあるが、基本俺に忠実だ。

　魔力の消費の問題を解決できる人はほとんどいないのだが、魔力の貯蔵が海のごとくあるアメリアが『影魔法』を使用するとどうなるのか単純に興味がある。まぁないとは思うが、うっかり加減を誤るとこの世界が喰われかねないのでやめてほしいと思った。

　迫ってくる触手を両手に握った〝夜刀神〟で捌《さば》きながら、隙をうかがう。触手をすべて斬って首をとるのは簡単だが、目の前のオーガンに何か違和感を覚える。その何かが何か分からないまま、明らかに隙が生まれた首元を〝夜刀神〟で斬ろうとして、俺は斬らずにその場から飛び退《の》いた。

「……なるほど、武器破壊が狙いか」

　太い木の枝に着地して呟く。言葉が理解できるのか、オーガン・キングの複数の目が見開かれた。

　カンティネン迷宮で戦った〝キング〟と名がつく魔物はそのすべてが手ごわい相手だった。知力が上がるからか、配下の魔物に命令をして陣形を整えて襲ってきたり、迷宮の中の曲がり角で待ち伏せしていたり、こちらが休憩しているときに暗殺するように襲ってきたりと、とにかく気が抜けない相手だったのだ。

それなのに、迷宮にいた魔物よりもステータス値もスキルレベルも高いオーガン・キングの首が簡単に狙えるわけがない。相手が狙ってくるであろう首の近くにあるのが普通に切り裂ける触手だけというのも変なのだ。むしろ、何か意図があって首の守りを薄くしているとしか思えない。

一番に考えられるのは相手の武器を破壊するためだ。素手で強い者もいるにはいるが、オーガンの鋭い爪に生身で向かいたいとは思わないだろう。おそらく見た目よりもはるかに硬い首に向かって、とどめを刺すために全力で振り下ろした剣は真っ二つに折れることになる。武器を失った者は少なからずうろたえるだろう。その隙に形勢を逆転させるのだ。

倒せると確信しているとき、それが思い通りにいかなければ、俺だってすこしは動揺する。

なるほど、確かに〝キング〟だ。どうしてここまで対人間が想定されているのかはわからないが、魔物相手にも有効なのだろうな。

「嘗められたものだ。──『影纏《かげまと》い』」

魔力消費を節約するために俺の影に潜ったままでいた『影魔法』を〝夜刀神〟に纏わせる。キリカとの決闘で使ったこれが今のところ俺の攻撃の中で一番鋭い。

首が硬いのはわかった。あのまま〝夜刀神〟だけで振るっていたらさすがに折れていたかもしれない。だが、『影魔法』に覆われた〝夜刀神〟は切れ味も強度もけた違いだ。オーガン・キングの首も楽に斬れる。

足場にしていた木の枝を蹴ってオーガン・キング目掛けて飛び降りた。一気に首を狙う俺を見てオーガン・キングは慌てて触手と爪を伸ばしてくる。そのすべてを〝夜刀神〟の『影魔法』が喰らった。『影魔法』に触れた触手と爪が消える。まっすぐ首への道筋が開かれた。そこへ〝夜刀神〟を振り下ろす。スパンっと小気味よい音とともにオーガン・キングの首が胴体から離れた。

オーガン・キングの背後に降り立った俺は『影魔法』を解除して断末魔の声を上げるオーガン・キングを振り返る。ピクリとも動かなくなったことを確認してから、ホッと体の力を抜いた。

思っていたよりも『影魔法』の魔力消費が大きかった。もう少し粘られていたら厳しかったかもしれない。魔物との戦闘と魔力を消費したことで体も疲れ切っているが、今から胴体にある魔石をとって、さらにそれを運ばなければならない。

そういえば、京介の方はどうなったのだろうか。他の二体がキングのもとに来なかったということは京介たちによってもう倒されているのだろう。だとしても、万が一を考えて合流を急いだ方がいいだろうな。

俺の体以上の大きさの魔石をオーガン・キングの体から手早く抜き取り、急いで京介とジールさんのもとへ向かうと、あちらもちょうど戦闘が終わったところだったらしい。一体どう戦ったのか全身に血糊《ちのり》を浴びた京介と、どこか沈んだ様子のジールさんの姿を確認してホッと息をついた。

京介たちは『世界眼』のような鑑定スキルを持っていなかったため、襲ってきた魔物がオーガンだと気づかないうちに魔石を壊して倒してしまったらしい。わざわざ刃が通る柔らかい部分を探すためにオーガンを一度なで斬りしたという京介に驚いた。全身の血糊はそのときのものだろう。

ジールさんの剣はオーガンの首のせいで折れてしまったので、京介はいつも使っている方の刀を渡して『二刀流』も使わずに一人で二体倒したようだ。ジールさんは剣が折れたことのショックがまだ抜けておらず、折れた剣を抱えて呆然《ぼうぜん》としている。俺も〝夜刀神〟を折ってはいないものの、結局は入ったひびが大きくて今の短刀二振りになっているのだから、その気持ちが若干わかる気がした。

欠片《かけら》だけとはいえ迷宮でとれる普通の魔石よりも大きかったため、京介が倒した二体分の魔石も袋に詰める。さて拠点に帰ろうかとしたとき、俺の背後にそびえ立っている魔石を見て京介が顔を引き攣《つ》らせた。俺が倒したオーガン・キングの魔石は高さはもちろん、横幅も俺の体よりも大きい。俺一人でここまで運ぶのも持ち上げることができなくて、首に巻いていた黒布を巻きつけて引きずりながら来たのだ。今は黒布の頑丈さに感謝している。

「でかいな」

「ああ」

俺はため息をついて頷《うなず》いた。これを拠点まで運ぶのはさぞ骨が折れるだろう。三人いるとはいえ、今のジールさんに声をかけて手伝ってもらうのは憚《はばか》られる。二人で持ち上げることはできるにはできるだろうが、道中で他の魔物と戦闘になればすぐに反応できないだろうし、魔石が割れてしまう可能性もある。

どうしたものかと二人で考えていると、近くの草むらからがさりと音がした。京介が浴びている血糊に反応して他の魔物が現れてしまったかもしれない。反射で武器を構えた俺と京介だったが、出てきたものを見て力を抜いた。

「なんだ、ウサ子か」

ウサ子は拠点の周りを守護している、ノアが作ったロボットだ。遠距離、近距離戦闘はもちろんのこと壊されれば自己再生するし、攻撃一つ一つに毒が付与されていることから微妙にノアの性格の悪さがうかがえる。ネーミングセンス最悪のノアに名付けられた名前は残念だが、守護者としてはとても有能だ。現に、俺たちが来てから拠点の周りで魔物に遭遇したことはない。安全な場所というのは思いの外休息が取れるらしく、勇者たちも顔色がとてもよくなっていた。

しげしげとウサ子を見ている中、感じた違いに俺は目を首を傾《かし》げた。俺たちの前に佇《たたず》んでいるロボットは初めてノアに出会ったときのウサ子十一号と装甲が違う。

ウサ子十一号はもう少し細身で、関節部分を中心とした場所が守られていたし、自己再生機能があるため傷ひとつないボディだった。が、目の前にいるウサ子は腕の部分が明らかに強化されている上に所々小さな傷がついている。よく見ると修復したような跡もあった。大切に使われているらしい。

「ウサ子三号と書いてあるぞ」

ウサ子の背中を覗《のぞ》き込んだ京介がそこに書いてある文字を指さして言う。背後にまわりこんで確認すると、確かに背中にある装甲に明らかに手書きの文字ででかでかと〝ウサ子三号〟と書いてあった。まるで落書きのようだが、大事にしているのかしていないのかどっちなんだ。

「そういえば初めて会ったときにウサ子十一号との戦闘で疲労困憊《ひろうこんぱい》になって動けなかった俺たちを拠点まで運んでいたのも、こんな感じのロボットだった気がする」

ぽつりと京介《きょうすけ》が呟《つぶや》く。だとすると、荷物持ち要員としてノアが派遣してくれたのだろうか。その考えが正しかったのだと証明するように、ウサ子三号は俺たちがどうやって運ぼうか悩んでいた巨大な魔石を軽々と抱え、さらに背中に収納されていたもう二本の腕を出して、袋詰めされた方の魔石も持ってくれた。これで俺たちは道中の魔物の襲撃だけを考えていれば良くなったわけだ。

　俺を先頭に、京介が殿を務めて意気消沈したままのジールさんとウサ子三号を囲むようにして拠点への道を進んだ。剣を抱えたまま、ジールさんはずっと無言だった。

　拠点に到着すると、ノアをはじめ俺たち以外は全員帰ってきていた。

「帰ったか。……って、え、ジールさん？」

「剣が折れたらしい。クロウのもとに連れて行ってやってくれ。そっちの先代勇者からの呼び出しはどんな用件だったんだ？」

「あとだ！　ジールさんが先だろうが」

　抱えている剣にどんな思い入れがあったのかは分からないが、剣のことは俺にはどうにもできない。鍛冶師に相談した方が良いだろう。

　建物の中に入ると、女子たちと一緒に夕食を作っていたらしいアメリアが無事でよかったと駆け寄ってくる。さらに俺の肩に夜《よる》が飛び乗り、満足気な顔をしていた。指で顎の下をくすぐってやると、まるで猫のようにぐるぐると喉を鳴らす。レイティス城を出て一人きりだった俺についてきてくれたこの二人にはいつも本当に感謝しかないな。

　夕食の前に終わらせてしまおうというノアの言葉で、ジールさんとクロウ以外全員が外に出る。何やら設計図らしき紙を抱えたノアを先頭に建物の裏に向かう。建物の裏の開けた、勇者たちがぼこぼこにされていた場所は、集めた材料を保管するために使用禁止になっていた。それまでは一応訓練なんかに使えていたらしい。

保管している材料の中にある、今まで見たこともないほどの巨大な魔石に俺と京介以外の全員がポカンと口を開けた。ノアが見せてくれた魔石よりも今回俺がとってきた魔石の方が大きかったらしい。

おそらく世界最大の魔石を好きに加工できると知って、ノアはうきうきと瞳を輝かせていた。その様子だけを見ると外見年齢相応なんだが、聞くところによると、ノアが持っていた魔石はあのオーガンと素手で戦って手に入れたものだったらしい。さすがにオーガン・キングではなく普通のオーガンだったようだが、あれほど鋭い爪を相手に素手で挑めるのは勝てると確信していたからだろうか、それとも単純に頭がおかしいのだろうかと少し悩んでしまった。

だが、それを聞いて少し納得した。どうりで武器破壊を狙っていたことを忠告してくれなかったわけだ。武器を持って挑まなかったノアも、武器破壊が狙いだったとは知らなかったのだから。そのことを言えば、明らかに首元の守りが薄かったことを思い出して納得したように頷いてた。

ノアが材料を一つ一つ確認していく。最後にオーガンの内臓を見て一つ頷くと、俺たちを振り返った。

「大陸を渡るために必要な材料はオーガンの内臓を最後にすべてそろった。これより組み立てに入る」

どうやら俺たちにエクストラスキルを見せてくれるらしい。すこし離れるように言われたため、何をするのか分かっていない勇者たちの腕を引いて移動させた。

「エクストラスキル『創造』——起動。製作開始」

俺たちが離れたのを見届けた後、材料を並べた前で両腕を大きく広げてノアはエクストラスキルを起動させる。材料のすべてが光り、浮かび上がった。光はだんだんと強くなっていき、ついには目を焼くほどになった。俺たちは目を強く閉じて、顔をそむける。

「……完成」

どれくらい時間が経《た》っただろうか。ノアのホッとしたような声を聞き、目を開く。

そこには、先ほどまで単なる材料でしかなかった物から組み上がった大きな船があった。

船は船でも、翼がついた宙に浮く船だ。フォレスト大陸からブルート大陸を渡るのに使ったラン号ほどではないが、それでも俺たち全員を乗せてなお余りある大きさであるそれに、言葉を失う。

よく見ると、外側はあの無駄に防御力が高い亀の魔物の甲羅でできていた。材料の調達を頼まれて一人で数十匹乱獲した覚えがある。

「すっげぇ」

まさかここまでの物ができるとは思わなかった。心の底からの感嘆にノアが満足げに頷

く。

「私もここまで大きな物を作るのは初めてだ」

　勇者の説明を聞いてから実験に実験を重ねてようやく設計図が完成したのだという。どうりで、俺たちが材料を調達しに行っている間ほぼ部屋に籠りっぱなしだったと思った。

「設計段階ではヴォルケーノ大陸の端に降り立つ計算だったが、思っていたよりも燃料となる魔石が大きかった。何事もなければもしかすると大陸の真ん中まで行くかもしれんな。まあ、旅にハプニングは付き物だが」

　フラグを立てるようなことをノアが言う。船の形にしたのはもし墜落して海の上に落ちても浮けるようにするためらしい。もし海に落ちたら水上用の機能が動きだすとか。その出番がないことを祈るばかりだ。

「しかし、ここまでの大きさの物を創造してよく魔力が足りたな」

　エクストラスキルは魔力の消費が激しいものばかりだと思っていた。外装を見て満足げに頷いているノアの隣に立って呟く。

「まさか、足りなかったに決まってるだろうが」

　ノアはこともなげにそう言って肩をすくめた。ではどうしたのかを聞くと、ノアは少し離れた場所に立っているウサ子三号を指す。今日は大変お世話になったウサ子三号は何かを抱えたような恰好《かっこう》のまま固まっていた。

「私が持っていたオーガンの内臓を使った。かろうじて足りたようでなによりだ」

ふらりとその肢体が揺らぐ。俺は咄嗟《とっさ》に左腕を出してその体を支えた。おそらく魔力切れだろう。

ちょうど勇者たちが船の中に入っていったところだった。俺たちが到着するまで勇者たちをぼこぼこにしたからか、ノアは勇者たちに弱っているところを見せたくなかったらしい。

「悪いな」

「いや、構わない。……もし魔力が足りなかったらどうするつもりだったんだ。死ぬつもりか？」

かつて自分が魔力切れで危ないところだったから、魔力切れの怖さは知っているつもりだ。平静を装っているが、ノアも危ないところだったのだ。

「いや、私はあの子の死に目を見届けるまでは死ぬつもりはない。が、お前には恩がある。娘の仇《かたき》をとってもらったという、な」

今にも意識を失いそうになりながらもノアは語るのをやめない。ならば最後まで聞くべきだろうと、口を開こうとしたアメリアと夜を手で制した。

「本当は私がとるべきだった。あの子が限られた時間を消費する、価値すらない男は私がさっさと殺すべきだった。私は間違ってばかりだなぁ」

寝ぼけた様子のノアに、俺はため息をつく。なるほど、本当に不器用な親子だ。

「あんた、クロウからは間違えて不老不死の薬を飲んだと聞いていたが、わざとだろう」

クロウがお腹《なか》の中にいるとき、獣人族である息子が成長する様を見届けることなく自分だけ先に死んでしまうことが堪えられなかったのか、それとも人族であるノアの体から産まれるときにクロウに何かあったのか。クロウが生まれた頃というと、今ほど医療も発達していないだろうから。

「そう、だな。あのときの私はどうかしていた。薬を飲まなければ、私もクロウも死んでいたかもしれないとはいえだ。わるいと、おもっている。だが、あの子が元気にしている、ことが私の幸せなんだ」

ノアの意識が持ったのはそこまでだった。体重が乗って支えきれなくなった左腕からノアの体が地面に向かって落ちそうになる。が、それを支える腕があった。

「……それは俺の前で言えよ、お袋」

クロウが完全に力の抜けたノアを横抱きにした。前髪で陰ができた表情をうかがうことはできないが、どうやらノアの言葉は届いたらしい。建物からクロウが出てくるのを見てカマをかけてみたのだが、親子関係の改善に至ったのなら何よりだ。

「アキラって意外とお節介」

アメリアのからかうような言葉に素知らぬふりをして、俺はノアを抱えたクロウについて船の方に向かう。

『知らなかったのか？　主殿《あるじ》は前からずっとそうだったぞ』

「知ってるわ。だって私の方がヨルよりも先にアキラと出会ったもの」

俺のことで言い争うアメリアと夜を連れてノアが作った船の中に入る。

親子のことは周りを巻き込まずに解決してほしいものだ。

『伸ばした手が、届かないことだ』

月明かりが、弱々しい様子のクロウの姿を思い起こさせる。

「今度は届いてよかったな」

数時間後、満月が地を照らす中、俺たちは魔族領に向けて飛び立った。

あとがき

「暗殺者」四巻をお手に取っていただきありがとうございました。三巻発売からかなり経《た》ち、私自身も四巻を発売できるとは思っていなかったので、とてもうれしく思います。もちろん現在五巻も鋭意執筆中であります！

時に、このご時世ですが、だからこそ旅行がしたくてパンフレットやホームページを眺める生活をしています。五稜郭《ごりょうかく》に函館《はこだて》、名古屋に伊勢《いせ》、桂浜《かつらはま》に出雲……。新型コロナウイルスが落ち着く日が来るのか今は想像もできませんが、もし前までのように自由に旅行などができるようになれば、色々と行きたいなと計画を立てています。パンフレットを眺めて計画を立てているだけで結構楽しいのでいい暇つぶしになっておすすめです。

今回も素敵なイラストを描いてくださった東西様、担当編集様、校正様、そしてコミカライズを描いてくださっている合鴨《あいがも》ひろゆき様、ありがとうございました。

これからも「暗殺者である俺のステータスが勇者よりも明らかに強いのだが」をよろしくお願いいいたします。

OVERLAP

暗殺者である俺のステータスが
勇者よりも明らかに強いのだが 4

発　行　2021年2月25日　初版第一刷発行

著　者　赤井まつり
発行者　永田勝治
発行所　株式会社オーバーラップ
〒141-0031　東京都品川区西五反田 7-9-5
校正・DTP　株式会社鷗来堂
印刷・製本　大日本印刷株式会社

Printed in Japan ISBN 978-4-86554-845-7 C0193

オーバーラップ　カスタマーサポート
電話：03-6219-0850 ／受付時間 10:00～18:00（土日祝日をのぞく）

作品のご感想、ファンレターをお待ちしています

あて先：〒141-0031　東京都品川区西五反田 7-9-5 SGテラス5階　オーバーラップ文庫編集部
「赤井まつり」先生係／「東西」先生係